鵬《ほう》藤《とう》高校天文部
君が見つけた星座

千澤のり子
Chizawa Noriko

原書房

鵬藤《ほうとう》高校天文部

君が見つけた星座

目次

序章

事故に遭ったのは、高校の合格発表の帰り道だった。

電車到着のアナウンスの後、わたしの右隣にいた人が、線路に飛び込もうとした。咄嗟《とっさ》に左腕を伸ばし、抱きとめるようにその人を押し戻した。

耳をつんざくような警笛、激しい衝撃、人々の悲鳴。

わたしは電車に接触したのだ。

不思議なくらい、痛みは感じなかった。目が覚めたら病院のベッドの上にいて、手術も終わっていた。

事故の原因になった人は、幸い無傷で済んだそうだ。だけど、行方も身元も分からない。騒動にまぎれて、その人はホームから逃げ出したそうだ。

悲しさも怒りも辛さも湧いてこない。わたしは感情までも失っていた。

家族以外の面会が許されるようになったら、いろいろな人が病室を訪ねてきた。ほとんどが、事故の事情聴取だ。何も覚えていないと、何度も同じことを答える。

友達は、ひとりも病室に来なかった。会わないほうが少しは気が楽だ。担任の先生は、卒業式の翌日に卒業証書と寄せ書きを持ってきてくれた。

身を徹して命を救ったことは素晴らしい。

周囲の人たちは、誰もがわたしにそう言った。

でも、わたしは取り返しのつかない大怪我を負った。決して、元に戻ることはできない。

退院する前だったけれど、自宅は引っ越した。もともと両親は建売住宅を探していて、いい物件があったら引っ越す予定だったのだ。近所の人から同情の目を向けられたくなかったので、賛成した。

事故のその後のことは、全部両親や駅員さんや鉄道警察隊が処理してくれたらしい。詳しいことは全然分からないけれど、区切りはついたと母から聞いた。

だけど、わたしはこれからずっと、事故のことを背負って生きていかないとならない。

リハビリが長引き、高校生活のスタートも遅れてしまった。普通に生活をするだけでも精一杯だから、楽しいとか、友達を作るとか、そんな気持ちも起きなかった。


わたしが普通の女の子に戻れたのは、彼と彼らに出会ってからだ。

見えない流星群

1

バス停に着いたら、急に雨足が強くなった。梨畑の間にある狭い道のせいか、停留所にはベンチも屋根もない。自転車通学の人たちが次々に通り過ぎていくのを横目で見ながら、斜めがけにしている通学カバンから折り畳み傘を取り出そうとした。

そのとき、一瞬だけ雨がやんだ。

頭上を見てから、振り返る。わたしのすぐ後ろで、茶髪で派手な縁のメガネをかけた男子が自分の傘を傾けていた。

同じクラスの高橋誠《たかはしまこと》だ。

わたしはいまだに、クラスメイトとほとんど話したことがないし、名前すら覚えていない。

それでも、彼のことは知っている。クラスの人気者だからだ。

背はわたしより少し高めの一六五センチくらい。特にかっこよくも運動神経がいいというわけでもないのに、明るくて気さくで、彼がいるだけで教室の中が賑やかになる。軽いやつと女子たちが噂しているのに、嫌味はない。

わたしは黙ったまま一歩離れた。高橋は人懐《ひとなつ》っこい笑みを浮かべて、わたしの左側に回り、傘を傾ける。

「濡れたら大変でしょ。今日、結構寒いから風邪引きそうだし。もう五月の半ばなのにね」

彼は親切なだけのようだ。ひとつの傘に入ることに、少しでも抵抗を持った自分が恥ずかしくなる。わたしはお礼を言って、自分の傘は出さずにブレザーのポケットに右手を入れて、定期入れを握りしめた。

「バス通学なんて、わたしだけかと思った」

気まずさを隠しながら、わたしは言った。バスで学校に通う鵬藤《ほうとう》高校の生徒は、わたしくらいだ。校門からバス停まで十分以上歩くし、本数もかなり少ないので、たいていの人は自転車か電車を利用している。わたしは事故に遭ってから自転車に乗ることができなくなってしまったので、不便でもバスで通学するしか手段がない。

「いつもは自転車だよ。今日は病院に行くから」

高橋の言う病院とは、学校からもう少し先にある市立病院のことだろう。わたしも、その病院に入院していた。

「どこか悪いの？」

「母親が入院してるんだ。今日はその見舞い」

そういえば、クラスの女子たちが話しているのを聞いたことがある。お父さんは仕事で不在が多く、年の離れたお姉さんと高橋で家事を分担しているそうだ。自分のことすらまともにできないわたしには、学校から帰ったあとに家族の食事を作ったり洗濯をしたりするなんて、とても考えられない。

「美月《みつき》ちゃん」

名前を呼ばれて、一瞬だけ、胸が締め付けられそうになった。男子からこんなふうに呼ばれるのは初めてだ。たいていの人は「菅野《すがの》」と名字で呼ぶ。

「部活、入ってる?」

黙って頭を振った。リハビリの関係で、わたしが初めて登校できたのは四月の終わり近くだった。オリエンテーションを兼ねた交流合宿も終わっていて、クラスメイトたちはずっと昔からの友達のように学校に馴染《なじ》んでいた。大学附属の私立高校のせいか、大半の生徒たちが部活や委員会に所属して、自分の居場所を確保している。

高校生活のスタートは、わたしだけが遅れていた。でも、全然構わなかった。普通の子のように友達を作って毎日楽しく過ごすことなんて、できそうにない。

「高橋はどこかに入ってるの?」

なんて呼んでいいか迷い、小学生や中学生の頃のように、名字で呼び捨てにした。彼はまったく気にもとめずに答える。

「天文部だよ」

意外だった。高橋は人から見られる場所にいるほうが似合うからだ。

「俺、高いところが苦手なんだけど、下から上を見上げるのは好きなんだよね」

彼は口元だけで笑って言った。

わたしも、空を見るのは好きだ。でも今は、なくした場所ばかり気になって、顔を上げられない。

「美月ちゃん」

再び、彼はわたしの名前を呼んだ。

「もしもどこかに入りたいなあと思っていたら、天文部に入らない？」

「わたしが？」

「そう。活動日も部員も少ないから、美月ちゃんの負担にならないと思うんだ」

そのとき、ちょうど梨畑の向こうから、バスの車体が見えてきた。

「それに、かわいい子の隣で一緒に星を見たいじゃん。上を向いた美月ちゃんの横顔、すごくかわいいし」

「からかわないで」

「やっと表情が変わった。怒って頬《ほお》をふくらませる美月ちゃんもかわいいなあ」

「怒ってないもん」

ついこの前まで中学生だった人に「かわいい」と言われても、素直に喜べない。うれしさも怒りも、とっくに忘れている。

わたしの住む渡瀬《わたらせ》町に行くバスが停まった。市立病院とは方向が違うので、わたしだけがステップに足をかける。

「見学だけでも来てみてよ。みんな空しか見ないから、きみのことを気にしないよ」

ドアの閉まる直前に、高橋はそう言った。

2

翌日の放課後。

わたしはひとりで天文部の部室である理科準備室を訪れた。高橋は今日もお母さんのお見舞いで、帰りのホームルームが終わるとすぐに教室から去って行った。

天文部の活動は火曜日と金曜日の週に二日のみで、木曜日の今日はお休みらしい。でも、部長の中村圭司《なかむらけいじ》という先輩が待機しているそうだ。わたしが見学に行くからではなく、ほとんど毎日自主的に活動しているという。

理科準備室は中央校舎の二階の西端にある。階段を下りたら、天体望遠鏡と三脚を抱えた女の子が、非常階段に続くドアを開けていた。きっと、天文部の部員だ。上履きの色でわたしと同じ一年生だと分かる。

彼女と目が合った。痩せぎすで、肩より少し長めのふわふわの髪が特徴的だ。細い唇を固く結んで、大きな目でわたしを捉える。だけどすぐに視線をそらし、外に出て行ってしまった。

ほんの一瞬だけなのに、長い時間見つめ合っていたような気がした。

気を取り直して理科準備室の引き戸をノックする。すぐに応答があり、わたしは中に入った。

準備室とはいえ、普通の教室よりも広い。室内の壁の一角には天井まで届くほどの本棚があり、図鑑をはじめ、天体関連の雑誌や書籍で埋めつくされている。星座やギリシャ神話に関する本も、かなりの数が揃《そろ》っていた。隅には大きなデスクトップパソコンやプリンターやよく分からない機材が並んでいて、たくさんのケーブルでつながれている。

「一年二組の菅野美月さんですね」

中央にある大きな机をはさみ、暗幕を下ろした窓に寄りかかったまま、長身の男子がわたしに声をかけた。ギリシャ彫刻みたいに整った風貌をしていて、すごく足が長い。室内には電気が点いていているけれど、彼のいるあたりだけスポットライトが当たっているように思える。

「二年五組の中村です。高橋さんから貴女のことは聞きました」

促《うなが》され、わたしは机を取り囲むように並んでいる椅子のひとつに座った。部長は立ったままで説明を続ける。

部活の開始時間は決まっておらず、放課後それぞれの用事が済んでから理科準備室に集まり、十八時には終了するそうだ。観測場所は屋上がメインで、天体望遠鏡などの機材は学校で借りることもできる。

天文部といっても、月や星の観測だけをしているわけではない。日照時間の長い時期は昼空の観測が多く、雨の日は理科準備室で資料を読んだりレポートをまとめたりしているそうだ。

「こんな狭いところに、全員入るのかな」

「やっと、ご自身からお話ししてくださいましたね」

部長は笑みを浮かべた。現在の部員は二年生が四人、一年生がふたりしかいないと聞いた。一年生は高橋とさっきの女の子だけだ。彼らは幼なじみで仲がよく、一緒に入部してきたらしい。

「行事は、入学式の次の日に行われた新入生歓迎会で説明したとおりです。簡単なスライドショーをしたのですが、覚えていらっしゃいますか」

「わたし、観てないの」

そう答えてすぐに先を続けた。

「学校に通い始めたのはつい最近なのです」

口調を敬語に変えた。二年生とはいえ、学年はひとつ上の先輩だ。それに、中村先輩が丁寧語を使っているのに、わたしが対等に話すのは失礼なように感じた。

「事情は知っています。大変でしたね」

目尻と口元の笑い皺《じわ》が消え、表情が曇る。でも、すぐに元の笑顔に戻った。

「遅れはすぐに取り戻せますよ」

中村先輩は行事の説明に入った。

四月は新入生歓迎会に向けたスライドショー、大型連休中に他校との合同観測会、初夏は学校に泊まって徹夜観測。夏休み中の活動は合宿のみ。九月になったらすぐに十一月初旬に行われる学園祭の準備に追われ、それが終わってから冬の間は個人観測ばかりになるそうだ。

「観測って、何をしたらいいのですか」

「決まりはありません。月でも惑星でも星座でも、自分が気になる星や方角を追ってください」

「機材を使いこなせる自信がありません。屋上まで運ぶのもできるかどうか分かりませんし」

さっき会った一年生の女の子のことを思い浮かべた。彼女と同じように行動するのはわたしにはできそうもない。

「レンズの調整はだんだん慣れていきますよ。天体望遠鏡を使ったことはありますか」

「父が持っています。わたしが中学一年生のちょうど今ごろ買ってきて、拡大する星を見たことがあります」

「この時期で拡大で数年前ですと、からす座ですか」

「ええ。たぶん。でも、あまりよく覚えていません」

わたしは今の自分を生きることに精一杯で、父が星を好きだということも忘れていた。

中村先輩は腕を組んで下を向き、「ああ、そうですか。やはり、そうだったのですか」とつぶやいている。

「すみません。おかしなことを言ってしまって」

「いえ、違います。こちらのことは気にせず」

「あの、やっぱり入部しません。ほかの皆さんの足手まといになりますから」

「いや、そうではなくて」

立ち上がったわたしに、中村先輩は言った。

「空を見るのは好きですか？」

素直に頷く。

「それなら、一緒に見ましょう」

満面の笑みを浮かべ、中村先輩は一言断りを入れてから電気を消した。室内が真っ暗になる。けれど、薄明かりは差している。わたしはその方向を見上げた。

「すごい！」

天井一面に、星が散らばっている。その真ん中に、小さなひしゃく型の星座があった。

「去年の学園祭で作りました。北極点から見上げた空です。中央よりやや右上に北斗七星があるのは分かりますか」

「はい」

「菅野さんが入部してくれたら、天文部はあの星座の数と同じ人数になります」

電気が灯った。星は昼間のように見えなくなった。

「今は誰も見ていない星、新しい星を、私たちと一緒に探してみませんか」

迷いも抵抗もなく、わたしは返答した。

3

「予定どおり、次の火曜日は徹夜観測を行います。集合時刻は十九時四十五分で、通常の活動はありません。屋上の鍵は私が開けておきますので、来た人から自由に観測の準備を始めてください。無理に用意する必要はありませんが、デジカメや双眼鏡、懐中電灯などは各自で持っていると便利です」

天文部に入って二週間が過ぎた。活動は週に二日しかないから、顔を出すのはまだ五回目だ。なのに、もうだいぶ慣れてきている。

次の活動は学校で一晩中観測を行う、徹夜観測の日だ。翌日は創立記念日で学校がお休みなので、終了後に授業に出るということはない。

「一年生は初めてだから使い勝手が分からないよね。お風呂は部室棟のシャワーだけしか使えないから、おうちで入ってきちゃったほうがいいかも。夕飯は学校の中で食べても大丈夫。ジャージがあったほうが動きやすくていいかな」

二年生の佐川《さがわ》ひとみ先輩が補足する。ふっくらとした小柄な体型で、いつも部員たちの面倒をよく見てくれる。

「おいおい、圭司。冬の徹夜観測のときみたいに、仮眠の手配しなかったのかよ」

同じく二年生の榊原大和《さかきばらやまと》先輩が間に割り込んできた。誰に対しても丁寧な言葉遣いの中村先輩とは対照的に、榊原先輩は粗野な口調だ。柔道部員のように体格がよくて顔つきも怖いけれど、女子にはやさしい。

「忘れていました。榊原さんの方で、山岳部から寝袋を借りられませんか」

「ああ。頼んでおくわ」

榊原先輩は生徒会役員も兼ねているので、学校中に顔が利くそうだ。先生たちからも評判がよく、天文部が自由に活動できるのも彼のおかげらしい。

「というか、今年は早いんじゃないか。確か去年は俺が入部してからだから、夏休み直前だっただろ」

「去年は一学期に二回行ったのです。一回目は私ひとりで」

「なるほどね。あたしも入部してなかったし。ああ、あとアレに合わせているのね」

佐川先輩が混ざる。

「アレって、おひつじ座流星群のことですか」

高橋が尋ねた。

「そうです。高橋さん、よく分かりました。今年は六月八日の早朝におひつじ座流星群が見えるかもしれないのです」

「俺、おひつじ座の生まれだから、すごく楽しみなんです」

中村先輩は脇にあるプロジェクターを使って、前方の壁のスクリーンに画像を映し始めた。出入口のいちばん近くにいるわたしが電気を消す。

おひつじ座流星群は昼間に起きる昼間流星群の一種で、輻射点《ふくしゃてん》が太陽のそばにあるため明るい時間にしか見えない。それでも観測は活発に行われていて、グラフや数値で表すことはできる。

わたしたちの前に映っているのは、その見えない流星群のデータだった。

「見えない星を見るなんて、すごく素敵ですね。中村先輩ってロマンティック！」

一年生の村山友紀《むらやまゆき》が言った。階段ですれ違った女の子だ。入部が決まったあと、高橋に紹介されて挨拶だけした。クラスは異なり、廊下ですれ違ってもほとんど口をきかない。勝ち気で賑やかで、高橋と同様クラスの中心人物らしい。

「六月八日の早朝に、運が良ければ見えるそうです。天気はどうでしょうか」

「ここ一週間は快晴だわ」

気象予報士を目指している二年生の霧原真由美《きりはらまゆみ》先輩が、膝の上のタブレット端末を見ながら即答する。背中まであるまっすぐな黒髪で、肌が透き通るように白い。長くて上向きのまつげはマスカラで整え、唇はいつも桜色のグロスをつけている。学校で一、二を争うほどの美人で、他校にもファンが多いそうだ。

「菅野さん」

急に、中村先輩から名前を呼ばれた。

「体調が悪くなったら、無理なさらないで言ってくださいい」

一晩だけとはいえ、普段の生活とは異なる。まだ出会ったばかりの同世代の人たちに迷惑をかけてしまうかもしれない。不安というより、わたしのために誰かの手を煩わせたくなかった。

「顧問の先生もいるから大丈夫だろ。俺らだって図体《ずうたい》は大人なんだし、かわいい後輩のためならなんでもするぜ」

榊原先輩がブレザーごと腕まくりをしながら言った。

「わたし、かわいい後輩なんかじゃない」

咄嗟にそう答えてしまったけれど、話題はすぐに別の内容に変わり、わたしの声はみんなに届かなかった。入学が遅れたのは、病弱だからだと思われているのかもしれない。

そういえば、わたしはまだ顧問の先生に会ったことがない。昨年鵬藤大学を卒業したばかりの新任の先生で、二年生の物理を担当しているとは聞いていた。

先生はほとんど顔を出さず、部の取り仕切りは中村先輩と榊原先輩が主に行っている。顧問ならどういう部員がいるか把握するものかと思っていたけれど、高校ではそんなことは必要ないのかもしれない。

4

霧原先輩の言うとおり、六月七日は晴天になった。

授業が終わるとすぐに下校し、必要最低限の荷物だけ用意する。教科書やノートがないので、カバンは普段よりもずっと軽い。荷物は右肩だけで背負えるワンショルダーリュックに詰めてもかなり余裕がある。

支度が終わるとすぐに入浴を済ませた。もちろん時間はかかるけれど、母の手を借りなくても問題ないほど慣れてきている。髪は手入れしやすいようにかなり短く切っているので、夕食前には乾いている。歯磨きなどを終えてから学校まで母に車で送ってもらった。

途中で、自転車に乗っている村山を追い越した。大きなリュックを背負っていて、急いでペダルを踏んでいる。同乗しないかと声をかけようとした。自転車をそのまま置いていくことになるので、迷いながら、助手席の窓から少しだけ顔を出す。だけど、村山は気づかずに車の通れない細い道に入って行ってしまった。

学校に着いた。グラウンド側で車を降り、正門越しに校舎を見やる。中央校舎の一階だけ電気が灯っていて、ほかの階はもちろん、体育館や部室棟などの建物も真っ暗だ。なんとなく、正門に右手をかけた。鍵が開いている。昇降口のある裏門まで迂回しなくてもよさそうだ。わたしはそのまま敷地に入って門を閉め、グラウンドを走り抜けた。

夜の学校は初めてだ。しかも、忍び込んでいる気分になる。楽しいという感情が、少しだけ戻ってきた。

昇降口で上履きに履き替えていたら、佐川先輩に会った。そのまま一緒に廊下を歩き、西階段を経由して二階に着く。ちょうど半袖の体育着姿の榊原先輩が、三脚と天体望遠鏡を抱えて理科準備室から出てくるところだった。

「おう、お前ら間に合ってよかったな。二十時過ぎると校舎のセキュリティが作動しちまうから、遅れたら面倒なことになっていたぜ」

ワンショルダーリュックにつけている懐中時計は、十九時五十五分を指している。集合時間よりも遅れてしまっていた。

「何かあったら先生が応対してくれるでしょう」

「どうだかなあ。先生、まったく頼りにならないからなあ。見回りだって、ちゃんとやったのかどうだか」

「ねえ、知ってた？　先生って元山岳部だったんだって」

「だからやる気ないのか。天文部と山岳部って大違いだもんな」

普段は十九時半になったら担当の先生が校舎を回り、残っている生徒を帰すと榊原先輩が説明した。学園祭前などはもっと遅くまで居残りできるけれど、特に行事のない時期は二十時にセキュリティシステムを作動させ、教職員も帰宅するそうだ。朝の解除は七時半に警備員さんが行うらしい。

詳細は榊原先輩でもよく分からないと言うが、先生が警備システムの操作をしているようだ。確かに、生徒には任せられないだろう。

廊下の突き当たりにある扉を開け、非常階段に出た。佐川先輩が懐中電灯を取り出し、足元を照らしてくれる。非常階段はコンクリート製で丈夫に造ってあるけれど、手すりが低い。高橋は上り下りの際にいつも怖がっていると榊原先輩は語った。

四階のさらにその先を上って、屋上に出た。中村先輩と霧原先輩がいて、望遠鏡を二台設置していた。高橋と村山の姿はない。

「スカートよりもジャージのほうが楽だよね。着替えてきちゃおうかな。誰か一緒に行かない？」

佐川先輩が言った。

「私はパス。シャワーも家で浴びてきたし」

霧原先輩が答える。制服の短いプリーツスカートの下にくるぶしまでのスパッツを履き、薄手のパーカーを羽織っている。ネクタイも外しているので、遠くから見ると私服と間違えそうだ。

「美月ちゃんは？」

わたしは頭を振った。制服よりもラフな服装のほうが動きやすいけれど、誰かと同じ場所で着替えたくはない。制服の夏用ニットベストの下には、学校指定の長袖ブラウスを着ているから、肌寒くもなかった。

「じゃあ、榊原くん、着替えに行くの付き合ってよ」

「めんどくさいから嫌だ」

「理科準備室ですぐ済ませるから、廊下で見張りしてくれる？」

「誰が覗くんだよ。校内には俺らしかいないんだぜ」

「先生が様子を見に来るかもしれないでしょ。高橋くんだってまだ来てないんだから立ち寄るかもしれないし」

「仕方ねえなあ。俺も生徒会の用事残してるから、席外すぜ。他校に送る学校紹介、まだ書き終えてないんだ」

出入口に向かおうとしたふたりに、中村先輩が声をかけた。

「戻ってくるときに部室棟の横の自動販売機で飲み物を買ってきてください」

「金は？」

「活動費で精算します。それまで立て替えてください」

「俺がかよ」

榊原先輩の不服の声に構わず、中村先輩は話を続けた。

「寝袋の件はどうなりましたか」

「わりい。山岳部からオッケーもらったんだけど、まだ運んでなかったぜ」

「では、理科準備室に運んでおいてください。スペースは空けてあります」

「圭司、鍵は？」

「先生が持ってるはずです」

男女で部屋を分けないようだ。中村先輩は年齢も性別も分け隔《へだ》てなく接する人だった。

「先生も同じ部屋で仮眠を取るのですか？」

「いや。部室棟に仮眠室があるから、そっちで寝るはずだ。去年の徹夜観測も、俺らの活動には顔出さないでずっと仮眠室で動画観てたらしいぜ」

榊原先輩と荷物を持った佐川先輩は、一緒に屋上から下りていった。途端に屋上が静かになる。

わたしは柵まで近づき、改めて空を見上げた。高台にある学校のいちばん高い場所にいるせいか、普段よりも星の位置が近くなったような気がする。

南側には、入院していた市立病院が学校と向き合うように建っていた。周囲は梨畑や雑木林ばかりで、高い建物は市立病院くらいしかない。病室の窓から、鵬藤高校の校舎が見えたことを思い出す。

小走りで北側の柵に向かう。南側と違って灯りが多い。わたしの住む家の近くにある高層マンションがよく見えた。

「菅野さん、ちょっといいですか」

中村先輩が大きな声でわたしを呼んだ。いつの間にか中村先輩と霧原先輩は東の端にいて、榊原先輩の運んできた大きな天体望遠鏡を設置していた。

「月から見てみましょうか。今日は上弦より少し細めの六日月です」

レンズの調整もやってもらえた。覗きこむと、月のうさぎの顔にあたる静かの海がはっきり見える。赤道儀の準備もできていて、深夜になったら天の川の撮影にも入るそうだ。

霧原先輩に撮影方法を教えてもらっていたら、ジャージと長袖Tシャツに着替えた佐川先輩が戻ってきた。佐川先輩は双眼鏡を両手に持ち、南側の空を見ている。

「すみません、遅くなりました！」

村山が飛び込んできた。わたしはスカートのポケットから携帯電話を取り出し、時間を確認した。二十時半を過ぎている。

「警備システムは大丈夫だった？　解除してもらえた？」

「え？　何の話？」

彼女はそう答えると、中村先輩のところに走り寄って行った。

「ねえ、ちょっと！　部室棟が変なふうに光ってるんだけど」

柵から身を乗り出すように空を見ていた佐川先輩が、急に大声をあげた。その場にいた全員が彼女のところに駆け寄る。部室棟は、研修棟と体育館の間に挟まれた小さな建物だ。わたしたちの左手、東側に位置する。

佐川先輩から双眼鏡を借りて様子を見た。焦点が合わなくてぼやけていても、建物の一角に星のような小さな光があるのが分かる。

「やだ、幽霊？　エクトプラズム？　倍率を思いっきり下げたらこれでも見えるかしら」

霧原先輩が天体望遠鏡を持ってきた。

「せっかくの固定撮影が」

中村先輩が嘆く。

「あとで直せばいいでしょう。圭司も持ってくれば」

「私は結構です」

「怖いの？」

「科学で証明できないものが苦手なだけです」

騒動のさなか、部室棟に電気が灯った。しかし、すぐに消えてしまった。

「きゃあああああ！」

霧原先輩が、悲鳴をあげた。

「誰かが倒れていた。生徒会室？　榊原くんに何かあったのかしら」

部室棟のあたりは真っ暗で、肉眼では見えない。さっきの小さな光も消えているので、機材を使っても確認するのは無理だ。

「みんなで様子を見に行きましょう」

中村先輩が言った。

「あたしはイヤ」

佐川先輩が座り込む。

「こういうときは全員で行動したほうが怖くないです」

「屋上にいるほうが怖くないもん。高橋くんだってまだ来てないんだし」

「中村先輩、あたしが付き添います！」

村山はリュックから懐中電灯を取り出し、中村先輩を出入口に連れ出す。

「待ってよ、私も行くわ。ほら、美月ちゃんも。ひとみ、後はよろしく」

霧原先輩が左側からわたしの肘のあたりをつかんだ。

「あ……」

背後から佐川先輩が声をあげた。同時に、霧原先輩も手を離す。その反動で、わたしの左腕が激しく揺れた。佐川先輩は部室棟を見ていたわけではなく、わたしたちのほうを向いている。

「真由美ちゃん、ちょっと、いい？」

「ごめんね、美月ちゃん。あの、私、全然気づかなくて。ごめんなさい。後から追いかけるから」

ふたりで話があるようだ。女子の先輩たちの態度が突然変わった。理由はよく分かっている。だからこそ、戸惑《とまど》う。

「すみません、遅くなりました！」

ちょうどそのとき、息を切らしながら、高橋が屋上に入ってきた。緊張感が少しだけ和らぐ。

「高橋くん、何やってたの。大変だったんだから」

佐川先輩が口を尖らせた。

「すみません。本当、すみません。あの、ほかの皆さんはどちらに？」

霧原先輩が簡単に説明する。

「さっきの光は高橋の仕業だったの?」

「い、いや、俺は。俺ではない。たぶん」

わたしが問うと、高橋はあからさまに動揺した。

「うおおおおおお」

下のほうから、激しい唸り声がする。わたしたちが一斉に非常階段に向かうと、ちょうど榊原先輩がものすごい勢いで階段を駆け上がってくるところだった。

「先生が死んだ!」

榊原先輩が怒鳴った。

「先生が山岳部の部室で死んでる!」

その場が凍りついた。

5

それからどのくらい時間が経ったのかは分からない。

誰が言い出すわけでもなく、自然にわたしたちは理科準備室に集まった。電気を点け、机を囲んで座り、男子の先輩たちの話を聞く。

寝袋を取りに行った榊原先輩が先生の遺体を見つけ、一目散で屋上に駆け込んだ。その途中で中村先輩と村山に会い、ふたりは山岳部の部室まで確認をしに行った。村山は外で待機し、中村先輩だけが室内に入ったそうだ。

「死因は何なのですか」

わたしは隣に座る榊原先輩に尋ねた。

「分からねえ。すぐに逃げ出したから」

「おそらく絞殺です。凶器は分かりません」

「圭司、お前、調べたのか？　怖くないのかよ」

「驚きはしました。ですが、死は科学的に証明できますから、怖くはありません」

冷静だけど、中村先輩は寂しそうに答える。わたしたち一年生は、無言で互いに顔を見合わせることしかできない。

「他殺ってことは、あたしたちも殺されるかもしれないじゃない！　ほら、テレビとかでよくあるでしょう。殺人鬼が皆殺しにするって」

佐川先輩は勢いよく立ち上がり、理科準備室の引き戸の鍵を閉めた。

「警察に連絡しましょう」

霧原先輩が携帯電話を取り出す。

「ちょっと待ってもらえますか」

「どうして？　あたしたちだって危険なのよ」

「佐川、いいから圭司の話を聞こうぜ。実は俺も、今すぐ警察呼ばれたらちょっとマズイんだ」

そのとき、村山が立ち上がって、リュックをかついだ。

「あたし、帰ります。殺されたくない」

「待ってください」

中村先輩が立ち上がり、村山の肩を抱き寄せるようにして荷物を下ろす。彼女はそのまま中村先輩の脇に寄りかかり、声をあげて泣きだした。

「圭司、ロッカーの鍵出してくれ」

中村先輩は空いているほうの手でスラックスのポケットを探り、キーケースを机上に置いた。すかさず鍵をつかんだ榊原先輩は、部長用の鍵付きロッカーを開けて、ジャージのポケットから何かを取り出し、ロッカーに放り込んだ。

「これで、警察呼んでもいいぜ。さすがに理科準備室の中は調べないだろ」

「大和、何を隠したの。まさか、凶器？　見せなさいよ」

霧原先輩が鍵を奪い取り、ロッカーを開けて、今榊原先輩が入れたものを机上に放り投げた。

「信じられない！　あなた、こんなときに何をやってるのよ！」

投げつけられたものは、封の開いたタバコと簡易ライターだった。

「あたしたちが屋上から見た光は、生徒会室であんたが吸っていたタバコの火だったというわけね」

佐川先輩が大きくため息をつく。

「なんだ、その光って」

榊原先輩に、佐川先輩が事情を説明する。

「ああ。そういえば、部室棟の電気が点かなかったんだ。ライターの火を頼りにして生徒会室に入ったけど、なんか知らないけど電気が点かないし。それで、そのまま一服してた」

「呆れた。常習犯なんて」

「バレたら退学ね」

「すまん。本当に申し訳ない」

女子の先輩たちが責め立てた。

「榊原さんはなぜ山岳部の部室に行ったのですか」

中村先輩はタバコとライターを再びロッカーに入れ、鍵を閉めた。

「一本吸ってから、すぐに寝袋を取りに行ったのさ。それに、あそこにはデカイ懐中電灯もあるから」

「なぜ、先生が死んでると気づいたのですか」

「一瞬だけ電気が点いたんだ」

「貴方が電気のスイッチを押したからではないのですか」

「二回押した。あれ、点かないなって」

「もういいわね。警察に連絡するわよ」

霧原先輩が再び携帯電話を手に取る。

「もう少し待ってください」

高橋がやっと声をあげた。

「高橋くんも？　あなた、タバコなんてやめたほうがいいわよ。背が伸びないわよ」

佐川先輩がにらむ。

「いえ、そうではなくて」

高橋はメガネを外した。いつも縁で隠れている右目の下に、大きな泣きぼくろがある。縁の派手さが目立つから、今まで気がつかなかった。

彼は何か言いたいことがあるのだ。しかも、すごく語りにくい。だから、メガネを外し、みんなの表情が見えないようにしている。裸眼だと人の顔の分別もつかないと、以前彼から聞いたことがある。

高橋の言葉を待つ。だけど、彼も迷っているように見える。しばらく誰も何も言えなかった。

沈黙を破ったのは、わたしだ。

「もし暴漢が侵入していたとしても、わたしたちが被害を受ける可能性は低いです」

「どうして菅野に分かるの。ねえ、さっきからずっと冷静だよね。まさか、あんたが先生を」

村山がかすれ声で言う。否定しようとしたけれど、やめた。

わたしはみんなよりも怯えていない。事故に遭ってから、怖いものがなくなったせいだ。人が死んだのに、悲しくもない。一大事なのに、感情が戻ってこないのだ。

「誰かが忍び込んでいるのなら、みんなで固まっていたほうが安全でしょう。襲いかかられても、七人いればどうにかなる」

「武器を持っているかもしれないじゃない」

村山が質問してきた。

「絞殺なら、相手が持っているのは紐状のものでしょう。ひとりが狙われたらみんなで取り押さえることができる」

わたしはみんなに尋ねた。

「校内で、刃物が手に入る場所はどこですか」

「包丁のある調理室くらいかしら」

霧原先輩が即答した。

「あそこは普段鍵がかかってる。保管場所は事務室だ。ほかには、美術室でカッターや彫刻刀。山岳部にもナイフがあったな」

「榊原先輩、山岳部のナイフの場所って分かりますか?」

「ああ。鍵付きのキャビネットに入ってる」

やはり、榊原先輩は学校の事情通だ。

「こじ開けられたりしていましたか?」

「そこまで見てねえよ。役立たずで、ごめんな、美月ちゃん」

「室内は荒らされていませんでした」

中村先輩が答える。

「だったら、わたしたちはまだ安全です。人を襲うときはたいてい刃物を使いますから」

思い込みが過ぎるけれど、納得してもらえた。

「美月ちゃんに賛成。俺たちを襲うよりも、逆に、犯人は逃げると思います」

高橋が先を続ける。

「誠！　逃げられたらどうするのよ！　手配をしてもらうほうが先でしょ」

村山が勝ち気さを取り戻した。

「もしも外部の人間の仕業ならば、とっくに逃げています。幸いにも、学校は停電していましたし。それに、行きずりの犯行ではないはずです。少なくとも、先生と山岳部の部室で会える人をあたればたどり着くでしょう。ただし」と、高橋はいったん言葉を区切って言った。

「本当に、外部の人間の仕業なら」

全員が息を呑んだ。

「そうですね。私もそれで警察に通報するのをためらっています」

中村先輩が同意し、言った。

「私は天文部員の中に、先生を殺した犯人がいると思っているからです」

誰も、何も言えず、顔を見合わせるだけだった。

6

「知りたいことは、ひとつだけです。誰が、先生を、殺したのか」

中村先輩は正面のスクリーンの前に立った。

「事情は問いません。何かあったのでしょう。自分がやった、それだけ、教えてください」

そう言われて名乗り出る人なんていない。

「安心してください。私が全力でかばいます」

「待ってよ、圭司。殺人犯をかばうってどういうことよ」

霧原先輩が後退りする。

「仲間ですから」

「私はごめんだわ」

「貴女だって容疑者のひとりなんですよ」

「どういうことよ！　私はずっと屋上にいたわ。証拠でもあるの？」

中村先輩は深くため息をつくと、ポケットから白いハンカチを取り出し、机の上で広げた。

ハンカチには、洋服などについているタグが包まれていた。

「先生の手のあたりに落ちていました。制服のネクタイのタグだと思います。おそらく、凶器の切れ端です。抵抗したときに引きちぎったのでしょう」

中村先輩はそう言うと、自分のネクタイの裏側を見せた。同じタグがついている。

「俺じゃねえ。俺は体育着で再登校した。ネクタイなら家にある。何なら親に確認してもらってもいい」

榊原先輩が頭を振る。

「あたしじゃない。ほら、ちゃんとタグがついているでしょ！」

佐川先輩はスポーツバッグから自分のネクタイを取り出した。

「こんな犯人探しはやめましょう。凶器のネクタイだって、もともと部室にあったのかもしれないではないですか！」

高橋が訴える。

「それならば手近なところにあったロープを使うはずです。けれど、首の痕はロープのものと異なりました」

「あたしではありません」

村山は険しい表情で言い、リュックからネクタイを見せた。

残った部員は、霧原先輩と高橋とわたしだ。高橋とわたしは制服を身につけ、ネクタイもきちんとしているけれど、霧原先輩は外している。

「私は黙秘するわ。こんなものが証拠になるのなら、早く警察に渡せばいいでしょう。私の指紋は出てこないから。あなたたちも、私が服装検査の日以外にネクタイをつけないことを知ってるでしょう。見損なったわ、圭司」

挑戦的な霧原先輩の態度に、誰も言葉を発しない。

その代わり、部員たちの視線が、わたしと高橋に集まった。

「菅野、ちょっといい？」

返答を待たず、村山はわたしのネクタイをひっくり返した。

わたしのネクタイには、タグは、ない。

学校指定の生地とよく似たもので、ゴムのついた作りネクタイだ。かぶるだけで簡単に装着できる。

自分でネクタイを結ぶことができないからだ。校則違反なのは、学校も承知している。

高橋が素早く窓を開け、中村先輩が拾ったタグを放り投げた。

「高橋！」

「誠！」

「高橋さん」

「高橋くん！」

「お前、何やってるんだよ！」

一斉にみんなが抗議する。

「まさか、お前が……」

榊原先輩の顔が青ざめる。

「高橋。さっき、学校は停電していたと言ったな。どうしてお前に分かるんだ。俺は電気が点かなかったと言っただけだ。停電していたなんて知らなかったぜ」

高橋は答えない。

「それに、遅刻してきたよね。いつもなら、友紀ちゃんと一緒に来るはずじゃない。いったいどうしていたの？」

「誠はお母さんが入院している病院に寄っていたので、家には帰ってないです」

佐川先輩の質問に、村山が答える。高橋と村山は家もすぐ近くなので、一緒に登下校することも多い。

「事情を説明していただけませんか」

中村先輩が詰め寄る。

「俺は先生を殺していません。先生は、俺が学校に来る前に殺されていたと思います」

高橋はメガネをかけ、中村先輩を見据えた。

「どうして分かるのですか」

「それは」

「菅野をかばっているの？　菅野のネクタイのタグだと誠は知っているから捨てたの？」

村山が言った。

「美月ちゃんだけは、絶対に犯人ではありません」

高橋が強く答える。

「ネクタイのタグを手がかりにしてもらいたくないんです」

「どうして美月ちゃんは犯人でないと分かるんだ」

「そうだよ、誠」

榊原先輩と村山が抗議する。

「俺の口からは言いたくありません」

ヽヽヽヽヽヽヽヽヽヽヽヽヽヽ
わたしが隠していることを、高橋は知っているのだ。

どんなに隠しているつもりでも、やっぱり態度に出ているのだろう。

霧原先輩と佐川先輩が顔を見合わせた。きっと、さっきの屋上でのやりとりで知られてしまった。

中村先輩は表情がない。静かな目をわたしに向けるだけだ。

覚悟を決める。

気づかれたら気づかれたで、構わなかった。

自分から話して、同情の目を向けられたくないだけだ。

「かわいそうな子」と、自分でアピールしたくない。

普通の人よりも少し不自由なだけで、わたしだって普通の女の子なのだから。

「わたしは、人の首を締めることなんて、できないのです」

わたしは右手で左肘から下の義手を外し、高く掲げた。

7

「天文部員に犯人はいないのですね」

安堵《あんど》のため息をつくと、中村先輩は警察に通報した。

それからが慌ただしかった。

すぐに何台ものパトカーが駆けつけ、鑑識が行われた。高橋が窓から捨てたタグはすぐに回収でき、指紋などが解析されている。

校長先生や副校長先生、一年生と二年生の学年主任の先生も学校に到着した。わたしたちはひとりずつ、一階の職員室の隣にある会議室で校長先生の立ち会いのもと、事情聴取を受けた。

わたしは先生の顔すらよく知らない。そのせいか、簡単に済んだ。榊原先輩の喫煙の件は言わずじまいだった。たぶん、他の人たちも黙っているだろう。

詳しいことがまだ分からないせいか、事件の経過は聞かされていない。ただ、先生の死亡推定時刻は十九時頃だとは教えてもらえた。つまり、集合時間よりも前に、先生は殺されていたのだ。

事情聴取が終わると、保護者とともに帰宅することになった。榊原先輩は極度の緊張で倒れてしまい、医務室で一晩休むそうだ。すぐに、佐川先輩のご両親、それから霧原先輩のお父さんが待機していた応接室に駆け込んで来た。佐川先輩は号泣《ごうきゅう》しながら去り、逆に、霧原先輩は冷静なままだ。

しばらく出された飲み物を飲んでいたら、廊下が騒がしくなった。何人もの人が激しく行き交っている。

中村先輩が立ち上がった。

「どうしたんですか?」

「ちょっと席を外します」

高橋の問いかけに軽く笑みを浮かべると、中村先輩は応接室を出て行った。

室内は一年生だけになった。正面の村山は横たわるように深く座り直し、ソファの肘掛けに頭を寄りかからせている。わたしの隣に座る高橋は、膝の上に頰杖をついて黙ったままだ。

「菅野」

姿勢を変えずに村山が言った。

「疲れてるから、こんな体勢で許して」

「どうしたの」

「疑ってごめん」

「誰だって、疑心暗鬼になるよ」

「それから」

村山は顔だけこちらに向けた。

「あんたの左手のこと、知らなくて、ごめん」

「謝ることじゃないよ」

「そうだね。星を見るときに手は使わないしね」

「天体望遠鏡の倍率を合わせるのがちょっと大変だよ」

「あんたが不器用なだけでしょ。手のせいにしないでよ」

人が亡くなっているのに不謹慎だけれど、わたしたちは笑い出した。笑ったのなんて、久しぶりだ。村山の目には、普段の勝ち気さが戻ってきている。

「美月ちゃんには俺がついているから大丈夫だよ」

急に高橋が口を挟んできた。

「はいはい。今ここで言う台詞じゃないでしょ。悪いけど、あたしは普段忘れてると思う。そんなこと、関係ないじゃん。義手だって触ってみなきゃ分かんないんだし」

ずっと言われたかった言葉を言って、村山は応接室から去っていった。

隣の高橋を見る。頬がほんの少し赤くなっていて、口元だけで笑っていた。

「みんな、意外と気にしないものだよ。誰からも、左肘から下が動いてないとか、左手が軽く開きっぱなしだとか、突っ込まれてないでしょう」

胸が高鳴った。身体が締め付けられそうだ。

「俺は、ずっと美月ちゃんを見ていたから知ってた。他人が何か言ってきたら、守ろうと思ってた。今も、その気持ちは変わってない」

こんな感覚は、初めてだった。

嬉しい言葉を聞いたはずなのに、すごく苦しい。

でも、嫌な感覚ではなかった。

「犯人が分かりました」

突然、応接室の引き戸が開き、中村先輩が颯爽と入ってきた。

「誰だったんですか?」

村山が立ち上がり、席を譲る。中村先輩は片手をあげて断り、窓際に行って背をもたれた。

「この学校の卒業生で、先生と同じ山岳部出身の女性だそうです。卒業してからも保管していた制服を着て校舎に忍び込み、懐かしい部室で先生と会った。そこで何らかのトラブルがあり、制服のネクタイで首を締めたということです。ネクタイを外す状況にあったということからしても、動機は痴情のもつれでしょう」

「どうしてそこまで詳しく知っているのですか?」

わたしは尋ねた。

「トイレに行く振りをして、部室棟の陰で聞き耳を立てていました」

涼しい顔で答えられた。

「それから、犯人の女性は、グラウンドの脇の茂みを抜けて正門から出て行ったそうです」

今、思い出した。再登校したとき、わたしは正門から入ったのだ。そのときはまったく不信に思わなかった。犯人が逃げたから、一定時間以降はしまっているのに鍵が開いていたのだ。

「学校の停電は、犯人の仕業ではなかったのですね」

中村先輩がつぶやく。

疑問が、ひとつだけ残った。

8

いつの間にか、時刻は三時を過ぎていた。わたしたちは応接室から出て、屋上の機材を片付けに行った。中村先輩は、次のおひつじ座流星群まで、また一年待たないとならないと不服そうだ。

後片付けが終わり、理科準備室を出るときに、高橋とふたりになる機会があった。

「高橋はどうして遅れてきたの？」

わたしはいちばん気になっていたことを尋ねた。

「ちょっと来てくれる？」

少し考えてから、高橋は言った。

わたしはグラウンドに連れ出された。東の空には、おひつじ座が輝き始めている。あと一時間もしないうちに、空は明るくなってしまう。そうしたら、おひつじ座は見えなくなる。

本来なら、見えない流星群をみんなで見るつもりだったのだ。

「俺がいいと言うまで、目を閉じてて」

校舎に背を向けるようにも指示され、わたしは言われるままに目を閉じて、グラウンドの真ん中に立った。高橋が全速力で立ち去る音がした。

オルペウスになった気分だ。振り返りたい。だけど、後ろを見たら、大事な人が冥界に連れて行かれてしまう。

男性デュオのバラードを三曲頭の中で歌い終わったら、高橋の足音が近づいてきた。

「もういいよ」

振り返って、彼と並んで校舎を見上げた。

そこには、光で描いた顔文字が浮かび上がっていた。

三階と四階を使って縦長の目がふたつ、二階の真ん中に鼻のような点、一階部分が口元になっていて、両端が少し持ち上がっている。わたしの目から見たら左端、西のいちばん端っこは理科準備室だ。

校舎全体が、笑っているように見える。

「苦労したんだ。四階の二年二組と二年六組、三階の一年二組と一年六組、二階の三年四組の教室に電気を点す。一階の両端は電気を消して、代わりに二階の両端は点ける。事務室にこもって分電盤を操作していたら、うっかりブレーカーを全部落として停電させちゃうし、部室棟を間違えて灯しちゃったし」

「これを作ってて遅刻したんだ」

「学校にはずっといたんだよね。自分の教室で本を読んでた。それから、校舎に誰もいなくなるタイミングを見計らって事務室に入った。たぶん十九時半くらい。その後すぐに停電して、復活したあとに警備システムから連絡がきて、先生の振りして対応しちゃったんだ」

村山が到着した頃はちょうど停電していて、警備システムが作動しなかった。だから、二十時過ぎても普通に校舎に入れたのだ。

「それで、先生は〈俺が学校に来る前に殺されていた〉と言ったの?」

「そう。榊原先輩が、電気のスイッチを〈二回押した〉と言ったでしょう。そのあと、ブレーカーをあげたら電気が点いた。ということは、登山部の部室はもともと電気が点いていたんだ。だから、停電中に殺されたのではない。となると、俺が事務室にこもるよりも前の時間になる。だから、天文部員に犯人はいないと考えた」

「早く言ってくれればよかったのに!」

「ごめん」

高橋は頭を下げた。

急に力が抜け、その場に座り込んだ。砂でスカートが汚れるのも気にならなかった。

彼がなぜ、こんなことをしたのかは分かった。

グラウンド側から校舎を見ている人は、ひとりしかいない。

「母親がこれを見て、少しでも元気になってくれたらと思って」

距離は離れていても、市立病院から校舎はよく見える。また、胸の奥が熱くなった。行動は子供っぽくても、高橋が年上の男性のように思えた。

顔文字のはるか上のほうに、小さな光が灯った。屋上だ。

「中村先輩!?」

高橋はスラックスのポケットから小さな双眼鏡を取り出し、かざしながら言った。わたしも借りてレンズを覗きこむ。光は消え、東の柵のほうに人影がふたつ移動している。

「村山もいるね」

「わたしたちも行こうよ」

双眼鏡を返して言った。

「いや、いいよ、ここで」

高橋がわたしの右手を握りしめる。

そのとき、東の空に、流れ星が見えた。

「見えた！」

「どこ？」

手をつないだまま、高橋は空いている手で双眼鏡を目に当てた。だけど、すぐに離して言った。

「俺も美月ちゃんと一緒に肉眼で見るよ」

またひとつ、星が流れる。

――これからも、天文部で一緒に星を見られますように！

わたしは見えない流星群に願いを込めた。

君だけのプラネタリウム

1

澄み渡る空に、飛行機雲が流れた。手を伸ばせば、真っ白なひとすじをつかめそうな気がする。

天文部の同級生、村山友紀から昼食を誘われたので、わたしは一足先に屋上に通じる非常階段の最上段に来ていた。

「菅野！」

大声でわたしを呼びながら、村山が駆け上がってくる。なんだか、いつもと様相が違う。切れ長の目を見開き、頬は紅潮していて、頭のてっぺんでまとめた大きなお団子が崩れている。

「すごいこと聞いちゃった！」

村山はもどかしそうに鍵を開けると、わたしの左肘をつかんで屋上の真ん中に引きずり込んだ。スカートの裾《すそ》も気にせずコンクリートの地面に座り込み、大きく息を整える。ハンカチを敷き、わたしも彼女の横に腰を下ろす。

「五組の小早川美紀《こばやかわみき》が変質者に襲われたんだって！」

差し出した牛乳パックの中身を半分以上一気飲みしたら、村山は落ち着きを取り戻して詳細を語り出した。

職員室で屋上の鍵を借りた後、村山は五組の担任の先生と小早川が校長室に入って行くのを目撃したそうだ。小早川の長くて綺麗な黒髪が不自然なほど短くなっているのを不審に思った村山は、校長室の前で会話を立ち聞きした。

事件は一昨日の土曜日の夜、下校中に起きたらしい。小早川は髪をバッサリ切られたが、警察に通報する勇気は起きず、学校に相談したという。

授業はなくても、部活動などで用事のある生徒は土曜日も登校している。特にこの前の土曜日は、今週末に開催される学園祭の準備のために、多くの生徒が学校にいた。わたしたちの所属する天文部もその中に含まれる。

サッカー部のマネージャーだと聞いても、小早川がどんな女子だかピンとこない。二組のわたしとはクラスが離れているせいもある。六組の村山は彼女と顔見知りで、家庭科の授業で被服製作を一緒に行ったばかりらしい。

「信じられない。そんな怖いことが学校帰りに起きるなんて」

「菅野は土曜日に変な人とか見た?」

好物のチョコレートコルネを口にしながら、村山が問う。わたしも慌てて袋を開け、たまごサンドを取り出した。

「ううん。土曜日に学校に行くのなんて初めてだったから、いつもすれ違う人とは顔ぶれが変わるなあって思ったくらい」

私たちの通う私立鵬藤高校は高台に建っていて、周囲は雑木林や畑ばかりだ。電車通学の生徒なら少しは賑やかな道を使うけれど、自転車やバスを利用する生徒はひと気のない道を通らなければならない。

「まあ、あんたが無事でよかったわ。でも、気をつけなよ」

村山はパンの袋をつぶして立ち上がり、鏡も見ずに乱れたお団子頭を器用に直す。そのおくれ毛をうらやましく見つめながら言った。

「バス停までの道って見通しがいいから、怪しい人がいたらすぐに分かるんだよ。だから、そんなに心配しなくて大丈夫」

虚勢を張った。さらに、一呼吸置いて付け加える。

「それに、変質者に狙われるほど、わたしの髪の毛は長くないから……」

「何のんきなこと言ってるの！　事件って、バス停の近くで起きたみたいなんだからね！」

絶句した。時間が異なったら、自分が被害に遭ったかもしれないのだ。ちょっと見ただけならわたしは普通の女の子と変わらない。けれど、不測の事態が生じたら、自分の身を守れる自信はない。

「困りましたね」

わたしたちの会話に、済んだバリトンの声が混ざった。誰に対しても丁寧語を使う生徒なんて、この学校ではあの人しかいない。

「中村先輩！」

急に、村山の態度がかしこまる。

部長の中村圭司先輩が、天体望遠鏡と三脚を手にして立っていた。細身の長身で、びっくりするほど足が長い。長い前髪が目をおおいそうだけれど、それが逆に整った容貌を際立たせている。

「学園祭間近だというのに、そんな物騒な事件が起きるとは」

「あたし、もう怖くて」

村山の声が半オクターブは高くなった。

「まだ全校生徒には伝わっていませんよね。詳しく教えていただけますか」

観測用の木台に三脚と天体望遠鏡を設置しながら、中村先輩が問いかける。すかさず村山は手伝いつつ、もう一度詳細を語った。

「まさか、この光が事件と関係しているとか」

そう独りごちると、中村先輩はブレザーの胸ポケットから一枚の写真を取り出した。村山が背伸びをして覗きこむ。

「いやあああ。な、なま、生首！」

途端に悲鳴があがる。

何事かと慌てて両手をついて立ち上がろうとしたら、尻もちをついてしまった。反射的に行動すると、いまだに感覚が事故の前に戻ってしまい、身体のバランスを崩してしまう。

「違いますよ」

中村先輩は喉の奥で押し殺すように笑うと、座ったままのわたしにも写真を見せてくれた。

暗闇の中央に大きな丸いものが写っている。

「梨、ですか?」

「そうです。梨畑にある梨の実のひとつが、こんなに鮮明に撮れるとは思いませんでした。偶然とはいえ、地上撮影用のレンズも捨てたものではないですね」

「驚かさないでください」

ふくれっ面の村山が、わたしの隣にしゃがみこんできた。好きな人の前では表情がくるくる変わる彼女がかわいらしく思え、うらやましくもなる。

おかしなことに気づいたので、もっとよく見ようと、わたしは写真を右手で受け取った。上部にビーズみたいな細かい光がいくつも写っている。

光は、乙女座の形に似ていた。

「この光は、レンズのせいですか?」

「地上に輝く星座かもしれません」

わたしの質問に、中村先輩は天体望遠鏡のレンズを調整しながら言った。

「なんかロマンティックですね」

村山は目を輝かせている。

「校舎から見えるいろいろな時間の景色を撮影してほしいと生徒会から頼まれたので、土曜日の放課後に夜景を撮ったのですが、同じ日の同じくらいの時刻に、撮影場所のすぐ近くでそんな事件が起きていたとは、想像もつきませんでした」

「中村先輩、他の写真に小早川さんの髪を切った犯人が写っているなんてことはありませんか」

「いえ。これだけです。おかしなものが写っていたのは」

わたしの問いかけを否定すると、中村先輩は、二時間ごとにシャッターを切る二十四時間自動撮影タイマーを望遠鏡のレンズに設定して、一足先に屋上を去って行った。

2

「学校の周囲に不審者がいると連絡が入りましたので、今日の学園祭準備は文化系部活動は十七時まで、その他の生徒の活動はすべて中止にします」

帰りのホームルームで、担任の先生から指示された。歓喜と非難の声が教室内を飛び交う。先生は両手を叩いてその場を静かにさせた。

「明日の午後は学園祭活動に変更します。ひとりで下校しないようにしましょう。怪しい人を見かけたら、すぐに学校に連絡してください。では、学級委員」

号令がかかり、解散になった。

学校は、事件の詳細を語らないようだ。おそらく、小早川への気配りを優先しているのだろう。誰がどんな被害を受けたかを報告すると、本当に髪を切られただけだったのか、口では言えないようなもっとひどい目にあったのではないかと邪推されやすくなる。ただでさえ被害者は傷ついているのに、さらに深い傷を心に負ってしまう可能性が高い。犯罪と事故の違いはあるけれど、わたしには語りたくない被害者の気持ちがよく分かる。

カバンを肩に下げると、わたしは別棟にある武道場に向かった。天文部は通常、理科準備室で部活動を行うけれど、今年の学園祭では手作りのプラネタリウムを披露する予定なので、広くて天井も高い武道場を借りているのだ。

「美月ちゃん」

西側の階段を下りていたら、高橋誠が声をかけてきた。茶色の髪の毛に派手な縁のメガネが特徴的で、男女を問わず人気者だ。「ちゃらけた軽いやつ」と言われているけれど、当人はまったく気にしていなくて、むしろ喜んでいるらしい。

一階の西側にある渡り廊下から外に出て、グラウンドを横目に敷地のいちばん奥に進む。隅っこのプールの隣にある建物の二階が、武道場になっている。文化系のわたしには、これまでまったく縁のなかった場所だ。一階はプール用の更衣室になっているけれど、たとえ授業であっても人前で水着を着たくないので、このあたりには立ち入ったことすらなかった。

「五時間目が始まる前に、トモから事件についてのメールをもらった」

建物の外階段を上りながら、高橋が話題を切り出した。〈トモ〉とは、村山のことだ。ふたりは幼馴染で、きょうだいのように仲が良い。

「怖いよね。髪を切られたってことは、刃物を持っているんだよね」

彼の前ではいつも強がってしまうのに、わたしは本音を言った。

「そんなに心配そうな顔しないで。前みたいに、警察がすぐに犯人を捕まえてくれるよ。被害にあった子には悪いけど、学園祭まで中止にならないといいなあ」

徹夜観測の日に顧問の先生が殺されたという事件により、メイン行事である夏合宿は中止になってしまったのだった。

高橋が不謹慎を承知で懸念するのも無理はない。どうしてもプラネタリウムを作りたいと提案し、投影するためのドームの図案設計を行ったのは彼だからだ。

武道場に入ると、村山と中村先輩と佐川ひとみ先輩が、大きな正方形に縫い合わせた暗幕を広げていた。この上にプラネタリウムを投影するドームを設置するのだ。暗幕は、足元の光を遮るために敷く。

「今日中にドームを組み立てちゃうわよ。十七時まであと一時間半。みんな、急いでね」

出入口で上履きを脱いでいたら、おさげ髪の佐川先輩が、小さな身体と正反対の大きな声をあげた。

わたしたちはドームを段ボールで作ろうとしている。半球になるように採寸した段ボールは、大小合わせて百個以上用意した。内側にあたる部分は光が綺麗に反射できるよう真っ白、外側は見栄えを良くするために紺色に、ペンキで色を塗ってある。

作業はすごく手間がかかった。本来なら週に二日間の活動日を、二学期に入ってからは四日間に増やしている。それでも間に合わず、中間テストが終わった先週の月曜日から学園祭当日まで、日曜日しか休みはない。

「榊原さんと霧原さんはどうされたんですか?」

中村先輩は他の二年生について訊ねた。

「部長だったら部員の出欠状況くらい把握しなさいよね。榊原くんは生徒会が忙しくて来れないかも。真由美ちゃんは県立高校まで女子の衣装を借りに行ったわ」

「霧原さんは部活が終わった後に出発すると、休み時間におっしゃっていましたが」

中村先輩と霧原先輩は同じクラスなのだ。

「あんたのクラスもホームルームで注意を促されたでしょう。暗くなってから女子ひとりで行かせる気なの？」

「だったら、バス通学の菅野さんは……」

「美月ちゃんのことはあんたが心配しなくていいの」

「佐川さんが守ってくれるのですね。それは頼もしい。男性よりも強いですし」

「なんですって！」

「あのう、ドームの組み立て説明、始めてもいいですか？」

高橋が割り込み、先輩たちの小競《こぜ》り合いは収まった。

「段ボールの紺色の面に、〈下A―1〉や〈中B―2〉と層と位置を示す記号を書いた紙を貼っています。〈下A〉が最下部になり、〈下B〉、〈中A〉、〈中B〉、〈上A〉、〈上B〉の順に積み上げていきます。算用数字は1から8まで振っています。下段にいくほど同じ算用数字の書かれた段ボールは多くなっていますので、まずは、まったく同じ記号の書かれた段ボール同士を貼り合わせてください」

そう言って、高橋は段ボールのひとつを掲げた。中央に〈下A―7〉と書かれた白い紙がセロハンテープでとめてある。指示どおりに組み立てていくと、高さが三メートルで、十四人ほどが中に入れる半球になるらしい。

「あたしと友紀ちゃんで内側の白い方を担当するわ」

佐川先輩は大量のテープ類を暗幕の上に置いた。村山は白い面を上にして段ボールを並べ、側面の長さに合わせてテープを切って貼り合わせていく。

わたしは紺色のテープをとり、外側の部分を貼ろうとした。だけど、片手ではうまくできない。焦れば焦るほどテープの粘着面が絡まり、使い物にならなくなっていく。

「テープを切ったり貼ったりするのは俺がやるから、美月ちゃんは動かないように押さえていてよ」

高橋の指示にしたがい、わたしは右手で同じ層の段ボールを押さえた。

「ちょっとあんた、どこに行くのよ」

しばらく作業を続けていたら、佐川先輩が出入口に向かって叫んだ。中村先輩が大げさに肩をすくめている。

「皆さん手際がいいので、私は屋上で観測の続きでもしてきます」

「金星と水星が接近するのは今度の金曜日でしょ。この忙しい時に何を見るのよ」

「地上の星座です」

返答と同時に、佐川先輩は乱暴にテープを引きちぎった。

「わけのわからないこと言ってないで、あんたは高橋くんと美月ちゃんを手伝ってよ。うちらと違って、美月ちゃんは腕が……」

「あのう」

続く言葉を寸断するように、高橋は声を張り上げた。

「地上の星座って何ですか？」

「よく訊いてくれました」

得意そうに中村先輩が写真を取り出したところを、佐川先輩がすかさず取り上げ、そこに写っているものを見た。

「なあんだ。ただの光の反射じゃないの」

「事件に関連しているかもしれないじゃないですか」

「はいはい。レンズに塵がついてたんでしょ。作業をサボる言い訳にしないでよね」

写真をスカートのポケットにしまうと、佐川先輩は元の位置に戻った。中村先輩もおとなしくわたしたちを手伝い始める。しばらく没頭し、〈下A〉〈下B〉〈中A〉〈中B〉と書かれた段ボールの側面が裏表とも貼り合わされた。

次に、1番から4番まで、5番から8番までとふたつに分けてAパーツとBパーツを貼り合わせ、横二列になった段ボールを立ち上げる。内側と外側の二手に分かれ、円筒になるようそれぞれの色のテープで止めていく。立ち上げた段ボールの高さは、この中でいちばん背の高い中村先輩の身長とほとんど変わらなかった。

すべてつなぎ合わせるとドームへの出入りができなくなるので、〈下B—1〉と〈中A—1〉

の段ボールの一部をカッターで切り取る。こうして内側を担当していた村山と佐川先輩が、円筒の内側から出てくることができた。

「みんな、お疲れ様。ちょっと休もうよ。あたし、もうくったくただわ」

佐川先輩の一声で、わたしたちは武道場の隅に腰を下ろした。

「中村くん、ジュース買ってきて」

佐川先輩はカバンから財布を出すと、千円札を一枚抜いて中村先輩に手渡した。高橋も「トイレ」と言って外に出て行く。残った女子三人は、円陣を組んでおしゃべりを始めた。

「やっとうちの新製品が完成したのよ。ふたりとも協力してくれてありがとう」

和布でできた小さな巾着《きんちゃく》袋をもらった。袋の中には、かなり大きいサイズの金平糖《こんぺいとう》が輝いている。佐川先輩の自宅は老舗《しにせ》の和菓子屋さんで、わたしたちはこの金平糖ができるまで、色彩のアドバイスをしたり試食をさせてもらったりしていたのだ。

「霧原先輩が借りてくる衣装って、県立高校の演劇部がギリシャ神話を演じたときに着ていたものですよね。どんな感じなんですか」

金平糖でいっぱいになった口をモゴモゴさせながら村山が問う。

「これよ。昨日、真由美ちゃんから画像が届いたの」

佐川先輩はスマートフォンで画像を表示させた。真っ白なマキシ丈のワンピースを身に着け、本物の宝石のような青い石をちりばめた冠をかぶった霧原先輩が写っている。首元にかかる冠の石と同じ色のペンダントも、綺麗に映えていた。

「霧原先輩、いつもよりも綺麗ですね」

村山がため息をつく。

「そりゃあ、〈コーちゃん〉が撮ってくれたみたいだし」

「サッカー部の鈴木浩二先輩ですよね。いいなあ、彼氏がいるなんて」

「ううん。〈コーちゃん〉は新しい彼氏。県立高校の演劇部で小道具を作ってるんだって」

「鈴木先輩と別れちゃったんですか！」

「そうみたい。まあ、いろいろあったのでしょう。でもね、真由美ちゃんのおかげで、今年の学園祭は衣装とか演出にもこだわることができたのよ」

引き戸が勢いよく開いた。

「ちいっす。おお、できてきたなあ。あとは天井をかぶせるだけか」

柔道部員さながらの体格をした榊原大和先輩が入ってきた。手には、なぜか長い髪のウィッグを持っている。

「事件の対策ってどうなったの？」

佐川先輩は話題を切り替えた。

「学校側はできるだけ表沙汰にしないようにするらしい。今のところの決定事項は、学園祭の開催時間の短縮と、来校者を身内限定にするくらいだな」

「やだわ。多くの人に見てもらいたいのに……。残念だけど仕方ないわね」

深刻な空気が漂う中、中村先輩がペットボトルを抱えて戻ってきた。

「意外と早く終わったんですね。今、学園祭で生徒会室に飾る風景写真を自動撮影していますので、明日のお渡しでもよろしいですか」

「あっ、この写真って、榊原くんが頼んだものだったの。じゃあ、今渡しちゃうね」

「ちょっと待ってください！」

すかさず中村先輩は、佐川先輩がスカートのポケットから出した写真を奪いとった。弾みで、ペットボトルがすべて畳に舞う。

「……炭酸入ってるのに」

佐川先輩は肩をふるわせた。

「地上の星座の謎を解くまで、この写真はお渡しできません」

「まあ、何でもいいけど。とりあえず、学園祭前日までに俺に渡してくれればいいから」

中村先輩が意味不明の発言をするのはいつものことなので、榊原先輩は地上の星座のことをあっさりと受け流してしまった。

「それより、メールで頼まれたこれ、持ってきたぜ」

「さすがは生徒会役員。仕事が早いですね」

「しかし、どういう風の吹き回しだ。体育祭の仮装リレーで使ったカツラを貸してくれだなんてよ」

「まあまあ。ちょっと菅野さん。こちらに来てください」

言われたとおりに、わたしは鏡面の壁の前に立った。途端に、目の前が見えなくなる。ウィッグをかぶせられたのだ。

「昼休みに屋上でお会いした時に、菅野さんが長い髪に憧れている様子でしたので。よく似合いますね」

恥ずかしくなり、わたしはうつむいて首を振った。事故のせいで、わたしは自転車に乗れなくなっただけではなく、髪の毛も伸ばせなくなっている。右手だけでは手入れをしにくいからだ。ほんとは長い髪が好きなことを知っている人は、ほとんどいない。

「うわ」

後ろで高橋の声がした。顔をあげたら、鏡越しに目が合った。なんとなく気まずくなり、視線を外す。

「あのさ、美月ちゃんって」

榊原先輩が一声あげた。

「髪の毛長いと、霧原に似てない？」

視線が集まり、みんなは互いに頷き合った。

3

休憩を終え、〈上A〉と〈上B〉を貼り合わせ、外側と内側から同時に半球の上部となる部分を円筒に載せた。

「内側はできたぞ」

ドームの中から榊原先輩の声が響く。

「こっちもあと一箇所で終わります」

高橋が最後の一部分のテープを貼った。

やっとドームが完成した。

それぞれ感嘆の声をあげ、中に入ってみる。大きなかまくらみたいで、想像以上に暖かい。出入口として空洞にしている部分は、人が出入りするたびに段ボールをはめ込み、光を遮るために外側から暗幕で覆うそうだ。

「投影機は五等星まで映せるように設定しますね」

高橋が言った。こんなに嬉しそうな彼を見るのは初めてだ。今よりももっとすごく年下の男の子みたいに見える。

ちょうど十七時になったので、今日の活動は終了になった。榊原先輩は生徒会室に顔を出すとのことで、足早に去って行った。中村先輩は屋上に置きっぱなしにしている機材を片づけに行くという。

「そんなに地上の星座が気になるのなら、梨畑の持ち主に頼んで直接探せばいいじゃない」

「あそこには大きな犬がいますので、できれば空から調べたいのですが」

「まさか、犬が怖いの？」

「いけませんか」

と言う中村先輩の後を、佐川先輩はさらに小言を言いながら、村山を伴って追った。

わたしはひとりで正門を出た。外壁にそって校舎を迂回する。東の空が少しずつ藍色に染まりはじめ、どこからか金木犀の香りが漂う。

雑木林の中で、犬の散歩をしている人たちと幾人もすれ違った。顔見知りになっている中年の婦人に会釈する。だけど、婦人は怪訝な顔をした。おかしいなと首を傾げてようやく気づく。

ついうっかり、わたしはウィッグをかぶったまま下校していたのだ。久しぶりの長い髪がうれしくて、外さずにそのまま歩いた。ときどき、霧原先輩を真似て右手で首元にかかる髪をかきあげてみる。

「美月ちゃーん」

遠くから呼び止められる。振り返ると、高橋がこちらに向かって走ってきた。

「いつの間にかいなくなっちゃうんだから」

スキップしていたのを見られたかと思うと恥ずかしい。わたしは少し歩みを早めながら、車道側を歩く高橋に訊ねた。

「自転車どうしたの？」

「校舎の近くに置いてきたよ。邪魔になるから。貴重品は持ってる」

「徒歩だと帰るのが遅くなっちゃうでしょ。今夜は投影機だって作るのに」

「まだ夕方でしょ。それに、バス停まで行くなんて一言も言ってないよ」

返事に詰まった。高橋が同じ道を歩いているからといって、わたしを送るわけではないことだってあるかもしれないのだ。

高橋は口元だけで笑って言った。

「冗談だよ。ちゃんと美月ちゃんの乗るバスが出るまで見届けるよ。だからそんな不安な顔しないの」

彼のほうが誕生日が遅いのに、子供扱いしてくる。身長だってそんなに変わらないはずだ。けれど、ここ最近は高橋が年上の人のように感じるときがある。

いつ、どこで、高橋が変わってきたと思えるのかは、うまく説明できない。きっと大人に近づいていく速度が、彼のほうが早いのかもしれない。

わたしの時間は、失くした左手と一緒に止まったままなのだから。

雑木林を抜けると両脇は畑になり、空が広くなった。東の上空には、三日月の横に金星が光っている。

ふたりで見上げたおひつじ座流星群を思い出した。あの日から、彼との距離が近くなっている。

「わざわざ送ってもらわなくても大丈夫だから。別に人っ子ひとりいないわけじゃないんだし、何かあったら叫べばいいんだし」

「こういう物騒な時こそ俺を頼っておきなって。こっちだって美月ちゃんとふたりっきりになれるチャンスなんだしぃ」

語尾を真似された。

「そんなに、口を尖らせないの」

表情まで真似された。

「子供に子供扱いされたくないの」

「同じ年だよ」

「学年はね。わたし、もうすぐ誕生日来るし。結婚だってできるんだから」

「むきになるところも、美月ちゃんはかわいいなぁ」

「そうやってからかうのやめて！」

わたしは早足で畑の一角を曲がった。あとは一本道だ。遠くにバス停が見える。収穫は終わったけれど、道沿いにある梨畑には防蛾灯が灯っているので、真っ暗ではない。

高橋はあっという間に追いつき、右の方を塞いだ。

「こうやって回りこまれたらどうするの」

足がすくむ。大声を出すなんて、とてもできない。

しばらく時間が過ぎた。

実際は、ほんの一瞬だったのかもしれない。

黙ったまま、高橋がわたしの頬のあたりに手を伸ばしてきた。

刃物を持った人ならばと考えると、鼓動が速くなる。

「ねえ、中村先輩の言ってた地上の星座のことだけど」

気まずくなって、わたしは話題を変えた。

「ああ、乙女座のこと」

高橋の顔が近づいてくる。

「事件に関係してるのかなあ」

「違うでしょ」

メガネ越しの彼の瞳に吸い込まれそうになる。

不思議なくらい恐怖はなかった。近いのが自然に感じた。胸の奥が熱くなる。

「近くで見ても、本物の髪の毛みたいだな。ほんとによくできてる」

高橋はウィッグが気になっているだけだった。

再び歩き出しても、彼はウィッグに指を通して喜んでいる。

「長い髪の毛、好きなの？」

「美月ちゃんみたいなショートカットの女の子だって好きだよ。このウィッグが特別。手触りがすごくいいね」

肩に手を回されているように見えるかもしれないけれど、実際はそうじゃないし、高橋があまりにも楽しそうなので咎めなかった。

バス停に到着した。あと少しで、わたしの乗るバスがやってくる。目前を、パトロール中の自転車が通り過ぎた。この道でよく会うお巡りさんだ。いつもなら、声をかけてくれるのに、知らない人に対するような笑みを浮かべただけで去って行った。

「よく会う人なのに、気づいてもらえなかった。やっぱりウィッグのせいかなあ。高橋は後ろ姿だけでよくわたしだって分かったね」

向かいの道路を県立高校行きのバスが通り過ぎた。右横に立つ高橋は、無言でバスを見やり、再び視線をわたしたちが歩いてきた道に戻して言った。

「そりゃあ、美月ちゃんだってすぐに分かるよ。だって……」

後に続く言葉を、彼は呑み込んだ。

きっと高橋は、バスや道を見ていたのではなく、わたしの身体の一箇所を見ていたのだろう。失った左手。ちょっと見ただけでは分からない、義手を。

突然、悲しくなる。

彼がわたしを守ってくれるのは、身体の不自由なクラスメイトだからだ。元のわたしだったら、気にも留められない。

「ちょ、ちょっと待って。どうしたの」

涙を拭おうとした高橋の手を振り払い、わたしはちょうどやってきたばかりの自分が乗る方面のバスに乗り込んだ。

身体のことで泣くのは、初めてだった。

4

翌日の教室は、高橋にすごく綺麗な髪をしたミステリアスな雰囲気の彼女ができたらしいという話題で盛り上がっていた。

「ねえ、あの女の子って、天文部の霧原っていう二年生だよね」

「えっ。あの人、サッカー部の部長と付き合ってるんじゃないの」

「高橋くんが略奪しちゃったとか」

「だったら彼女が誘惑したんでしょ。けっこう遊んでる人みたいだし」

「だから最近、バス停の方に向かう高橋くんを見かけるのかなあ。あっちの方って人少ないからね」

「秘密の恋、人知れぬ逢瀬《おうせ》って感じ？」

わたしの席のすぐ近くで、女子たちが大声で談笑している。

「やめて！　霧原先輩はそんな人じゃない」

耐え切れずに抗議をした。

「ごめん、美月」

「うちらが悪かった。部活の先輩の悪口は言われたくないよね」

彼女たちはあっさりと話題を変えた。彼と一緒にいたのはわたしなんだと訴えたいけれど、さらなる誤解を招きそうなので何も言えずにいる。

朝のホームルームで、学園祭見学者はあらかじめ許可した身内のみと告げられた。受験希望者だけは、保護者同伴という条件で特別に来校を許されるらしい。招待客の名前と生徒との関係を書くカードが配られ、必要事項を記載して昼休みの前に提出した。

午後の授業は学園祭準備に変更となった。文化系部活動など、他の団体活動を行う生徒はそれぞれの持ち場に行ってもかまわないらしい。

昼休みの終わりに教室に戻ってきた高橋は、五時間目が始まるとまたすぐに教室から出て行った。わたしもプラネタリウムのナレーション原稿を作りたいけれど、まだ彼と顔を合わせたくなくて、その場に残っていた。

しばらく教室でクラスの作業を手伝っていたら、佐川先輩からメールが届いた。

『今すぐドームまで来て！』

タイトルの記載がなく、絵文字もない。いつもの業務連絡とは大違いだ。一緒にポスターを作っていた友人に断り、わたしは通学カバンを持って武道場まで走った。

引き戸を引くと、佐川先輩が出入口に立っていた。目尻の笑い皺がなく、眉根を寄せている。電気は点いているのに、室内がなんだか薄暗い。背後で激しい足音がした。榊原先輩と村山が勢いよく駆け込んでくる。

「ちょっと、こちらを見てもらえますか」

中村先輩に呼ばれ、わたしたちはドームに入った。中央には、球形のランプのようなものを乗せた長さ五十センチくらいの板が設置してあった。三十度ほど北方に傾けたランプが、ドームの内側全体を照らしている。

投影機が仕上がったのだ。その横には、製作者である高橋がひざまずいている。彼は浮かない顔で、東南の一点を見つめていた。

「なんだよ、これ……」

いつの間にかわたしの横にいた榊原先輩が息を呑む。

東南の方角に、竹カゴみたいな長方形の箱が置かれていた。

その下には、真っ白なレースペーパーが敷いてある。

レースペーパーが投影機の光に反射し、箱全体を浮かび上がらせていた。

榊原先輩が蓋を開ける。

「いやあ!」

悲鳴を抑えられなかった。

箱の中には、折りたたまれた黒髪の束が入っていたのだ。

その下のレースペーパーは、綺麗なハート型をしている。

その白いハートと長い黒髪のコントラストが、ドームの中で不気味に輝いていた。

「場所を移しましょう」

中村先輩が箱とレースペーパーを抱えて促す。わたしたちはドームを出ると、理科準備室に向かった。

中央にある机を囲んでそれぞれの席に座っても、誰も言葉を発しない。机の上には、箱に入ったままの髪の毛が置いてある。

「いつ、誰が見つけた?」

沈黙に耐え切れなくなった榊原先輩が口火を切った。

「俺です。五時間目が始まってすぐにドームに行って、投影機を設置していたら気づきました」

高橋が答える。

「ってことは、昨日俺らが帰ってから、昼休みの間に仕組まれたってことか」

「この箱、うちのお店の箱なのよ。余計に気持ち悪い」

わたしはおそるおそる竹製の箱を手に取った。底の部分に〈佐川製菓〉と社名の入ったシールが貼ってある。部活動が地区大会優勝や全国大会に出場した時のお祝いとして、佐川製菓が納めているお菓子の箱らしい。

「中に入ってる髪の毛って、被害にあった子のですよね」

「他に誰のものがある」

震え声の村山に、榊原先輩が冷静に答える。

「じゃあ、変質者は、この学校の中にいるってことになりますよね」

髪の毛を見た瞬間、わたしもそんな予感がした。他の人たちも、表情だけで同じことを考えているのが分かる。

誰が、何のために、こんなことをしたのか。

目で疑問を投げ合っても、答は返ってこない。

「どうする。警察に届けるか。その前に学校には報告しないとな」

榊原先輩はせわしなく貧乏ゆすりを続けている。

「学校に知らせたら、学園祭はどうなりますか」

高橋が口を挟んだ。

「開催には関係ない。俺らは遺留品を見つけたようなもんだ。犯人逮捕の手がかりになってほしいくらいだぜ」

「犯人が逮捕されたらどうなります?」

「分からない。犯人が学校関係者でも開催はするだろうけど、延期も考えられるな」

「延期になったら、プラネタリウムはどうなるんですか」

「残念だけど、取り壊しだな。授業でしか武道場を使わないなら交渉できるかもしれないけど、学園祭終了の一週間後、柔道部の練習試合でここを使う予定なんだ。引き戸を外しても、あの大きいドームを外に出すのは無理だろ。体育館も借りられないから、たとえ出せたとしても保管する場所がない。最悪、外に放置になる。雨が降ったら終わりだ」

「披露もしないで壊すんですか!」

「最悪の事態を言ってるだけだ。今すぐに出す結論は、警察でも学校でも髪の毛を早く届けることだろ。自分らのことばっかり考えてないで、被害にあった子のことも考えてみろよ」

「まるで、プラネタリウム上映を妨害するために置いたみたいですね」

「考えすぎだ、高橋」

「でないと、こんな手がかりになるようなものを、どうしてわざわざ見つけさせるのか、目的が分かりません」

　高橋と榊原先輩の言い合いに、誰も口を挟めなかった。

「ここで理由を推測するのは無意味です。今、言えることは、変質者が戦利品を披露してきた。

ただ、それだけです」

中村先輩がまとめたら、理科準備室の引き戸が勢いよく開いた。

「いい加減にしなさいよ、あなたたち。外に丸聞こえよ」

大きな紙袋を下げた女子生徒が入ってくる。

「霧、原？」

「真由美ちゃん！」

「霧原先輩！」

「霧原……さん？」

校則よりもかなり短くしたスカートに、三分丈のレギンスとニーハイソックスを身に着け、ブレザーではなくオフホワイト色のニットを羽織っている。ここまではいつもの霧原先輩だ。

だけど、自慢の長い黒髪が、わたしよりも短いベリーショートカットに変わっている。

みんなの驚愕をものともせず、霧原先輩は室内に入ると、ロッカーの上に紙袋を置いた。

「今日は学校をお休みされたのではなかったのですか」

中村先輩が声をかける。

「遅刻にして、午後から登校することにしたの。昨日、私がいない間にドームができたってひとみからメールをもらったわ。いちばんたいへんな作業だったのに、何もしないでごめんなさいね」

そう言って、霧原先輩は首筋に指をあてて肩のあたりを払った。髪の毛をかきあげる時の仕草だ。

「お前、その髪、どうした?」

榊原先輩がみんなを代表して問う。

「気分転換よ」

「そんなわけねえだろ」

「うるさいわね、大きなお世話よ」

普段の霧原先輩は、こんなにつっけんどんな言い方をしない。何かあったのは、説明されなくてもすぐに分かる。

小早川と同じ犯人にやられたのだ。

誰も口にしなくても、わたしたちの気持ちは一致していた。

「警察に届けるぞ」

榊原先輩がスマートフォンを取り出す。

「やめて」

当の霧原先輩が反対する。

「私が悪いの。私のせいなの」

「被害者が自分を責めるのは間違っています。何か事情があって警察に届けたくないのなら、差し支えない範囲でかまいませんので、私たちに説明してください」

中村先輩が静かに諭《さと》す。

長いため息をついた後、霧原先輩は語り出した。

昨日の放課後、霧原先輩はバスで県立高校に向かった。〈コーちゃん〉との待ち合わせはもっと遅い時間だったけれど、部活を休んだために早く到着してしまい、県立高校のバス停の近くにある公園で時間をつぶしていたそうだ。

しばらくブランコを漕いでいたら、ピシャっという音がして、背中に違和感を覚えた。驚いて振り返ると、自転車に乗ってリュックを背負った複数の男子生徒たちが、ものすごい勢いで逃げて行くところだった。足元には、バケツ型をした小さなプラスチックの容器がいくつも落ちている。咄嗟に髪に手を当てた。

背中まである長い髪の毛には、大量のスライムがくっついていた。ガムよりもネバネバした緑色の半固形のスライムは、ハンカチを濡らして拭っただけではまったく落ちない。

途方に暮れた霧原先輩は、その日の授業で使った布切りハサミで、スライムのついた髪の毛をばっさりと切ったのだった。

「ひでえことするな。俺らの学校の近くに出た不審者も、そいつらじゃないのか」

「そうかもしれないわね。でも、刃物で髪の毛を切られたのではなくて、まだよかったわ」

頷き合う榊原先輩と佐川先輩に、霧原先輩が首を傾げた。

「何かあったの？」

村山が「一年生の女子が学校帰りにバス停の近くで何者かに髪を切られたらしい」と、校長室での立ち聞きから、その子のものと思われる髪の毛がドームに置いてあったことを報告した。

「昨日の帰りのホームルームでは詳しく言ってなかったけど、実際に被害にあった子がいるのね。かわいそうに」

「なあ、被害届出そうぜ。スライム投げつけられたのでも受理されるだろ」

「やめて。たとえ警察であっても、無関係の人にいろいろ聞かれたくないの」

榊原先輩に同意せず、霧原先輩は窓際に立ち、カーテンの外を見つめながら黙り込んだ。

5

「とにかく、命を傷つけられたのですから、これらは重大な傷害事件です」

中村先輩は腕を組み、室内を歩き始めた。

「命は言い過ぎだよな?」

「しっ。髪は女の命だって言いたいんでしょ」

榊原先輩と佐川先輩のひそひそ声にも、中村先輩は耳を貸さない。

「非常によく似たふたつの事件ですが、同一人物の犯行ではありません」

そう言って、中村先輩は髪の毛の入った箱を手に取った。

「霧原さんの髪の毛は切らなければならないほど汚されましたが、こちらの髪の毛は綺麗なままです。手口が異なります」

一同はあっけにとられたまま、話を聴いている。

「先に霧原さんの事件を考えます。『生徒』と表現したということは、犯人たちは制服を着ていたのですね。学ランかブレザーか分かりますか？」

「覚えてないわ」

「では、髪型はどんな感じでしたか？」

「それも覚えてない」

中村先輩は急に笑みを浮かべた。

「ならば、霧原さんを襲った犯人も、この学校の生徒になりますね」

「どうして今の話だけで分かるんですか？」

村山は切れ長の目を丸くする。

「中学生は自転車通学禁止ですし、明らかに中学生って体型でもない身体の大きい三年生が犯人なら、内申書の気になるこの時期に、わざわざ校則違反を起こすとは思えません。そんなの関係ない不良だったら、髪の毛や制服に特徴があります」

言っていることはめちゃくちゃであるが、的を射た推理だ。

「次。自転車で県立高校まで来るのは、その学校の生徒かうちの学校の生徒くらいです。わざわざ他校の生徒が自転車でつるんでやってくるなんて面倒なことはしないでしょう。そして、県立高校では自転車通学の生徒にはヘルメット着用が義務付けられています。そうですよね？」

「ああ。よく知ってるな」

榊原先輩が答える。

「人を襲うのですから、髪型の特定されにくいヘルメットは、抜群の小道具でしょう。それを着用しないということは、もともとヘルメットを持っていない、うちの学校の生徒だと思います」

「長い説明はいいから続けてよ」

佐川先輩が急かす。

「犯人はなぜスライムを投げつけたのか。嫌がらせをしたかったのでしょう。では、なぜスライムなのか。もしくは、なぜスライムを持っていたのか」

「学園祭で使うから、ですか？」

高橋のメガネが光る。

「そのとおりです。学園祭でスライムを使うといえば、お化け屋敷以外に考えられません。お化け屋敷を披露する団体はどちらになりますか？」

「一年五組だ」

榊原先輩は即答した。

「ならば、『犯人は一年五組の男子の中にいる』ということになります。昨日は文化系部活動以外の生徒、つまり体育会系の部活動に所属する生徒や一般の生徒は早めに下校しています。それから、体育会系から野球部の生徒は除きます。彼らは丸刈りですから、後ろ姿で髪型がすぐに分かります。これらの生徒と自転車通学でない生徒を除けば、犯人候補はかなり絞れるはずです」

「生徒会室に行ってくるぜ。自転車通学者の登録名簿をチェックしてくる」

せわしなく立ち上がり、榊原先輩は理科準備室から出て行った。

「学校帰りから後をつけてきたことにより、霧原さんの顔を知っている人と付け加えたいところですが、貴女のことは校内の人はみんな知っているでしょう」

「私、そんなに有名人じゃないわ」

「気づいてないのは貴女だけです」と、中村先輩は先を続けた。

「続いて、一年生の女子を襲った人物です。このお菓子は全校生徒に配られるものですか？」

会話は、中村先輩と佐川先輩とのやりとりに移った。

「違うわよ。お祝い用ということで、サービスで特別に綺麗な箱を使っているの」

「どうりで、私は初めて見るはずです。中身は何ですか？」

「水まんじゅうよ」

「ならば、夏に配られたものですね。どこの団体に渡しました？」

「そこまでは分かんない。親に確認した方がいい？」

「もちろん。すぐに連絡してみてください」

佐川先輩はスカートのポケットからスマートフォンを取り出した。

「もしもし、お父ちゃん？　あたし、ひとみ。ちょっと聞きたいことがあるんだけど。水まんじゅうってうちの学校のどの団体から注文受けた？」

わたしたちは声を潜めて電話を聴いていた。

「そう。ありがとう。ううん、何でもない。ちょっと気になっただけ。あ、金平糖はうちの部の一年生たちに配ったよ。じゃあね」

「俺は味のついてない色見本の金平糖しかもらってないんですけど……」

高橋のぼやきは、佐川先輩の声にかき消された。

「野球部とサッカー部と吹奏楽部に配ったんですって！」

「ほお」と、中村先輩は満面に笑みを浮かべた。

「これでかなり絞れましたね。その部活動の関係者の中に、一年生を襲った犯人はいるはずです」

締めくくると、急に中村先輩は膝をついた。

「大丈夫ですか？」

村山が駆け寄る。

「久しぶりに頭を使ったので、一気に疲れが出ました」

その姿を見て、霧原先輩がようやく笑顔を見せた。佐川先輩は机に頬杖をついて言った。

「一年生を襲った犯人も、もっと絞り込めるといいんだけど」

「やっぱりこっちの事件には、地上の星座が絡んでいるんですよ」

「カメラのレンズにいたずらされたのかもしれないわね。あたしたち天文部に何か恨みでもあるのかなあ」

「天体用のレンズならともかく、どうして普段使用しない地上用のレンズに細工をするのですか。ならば、私が地上用のレンズを使って写真撮影を行うことを知っていた人物、風景写真を依頼してきた生徒会役員、すなわち榊原さんの仕業になります」

「榊原くんが何でわざわざそんないたずらをするのよ」

「動機を推理するのは私には不可能です。本人に直接訊いてみないと分かりません」

「推理じゃなくて、あんたの場合は当てずっぽうでしょ！」

地上の星座。

写真に写る乙女座の輝き。

バス停の近くにある梨畑。

撮影とほぼ同時刻に髪を切られた女の子。

ドームに置いてあった髪の毛。

ハート型のレースペーパー。

すごく関連しているように思えるけれど、どうつながるのかまったく分からない。

「昨日も帰りがけに梨畑に焦点をあわせて撮影したのですが、何も写っていませんでした」

中村先輩はポケットから写真を取り出した。

土曜日と同じアングルで撮ったもので、大きな梨が正面に写っている。だけど、他には何もない。

「それで、貴方がこだわっている地上の星座の写真ってどこにあるの？」

霧原先輩が訊ね、中村先輩はカバンから写真を取り出そうとした。

そのとき、ふたつのファイルを抱えた榊原先輩が戻ってきた。先輩たちは会話を中断し、榊原先輩は机の上にファイルを広げ出す。

「こんな大事なリストを持ち出してもいいんですか？」

村山が目を丸くした。

「実はこのリスト、俺が作ったんだ。ほんとはいけないんだけど、どうしても作業が終わらない時は家に持ち帰ってた。家で修正したいと言えば、生徒会の連中も黙認してくれるだろう」

榊原先輩が一年五組のページを開く。そこには、生徒の名前と居住地域と自転車の登録番号の一覧が記載されている。もうひとつのファイルには、部活動や委員会活動など、生徒の課外活動の所属先がリスト化されていた。

自転車通学の生徒の多い学校なのに、一年五組の男子はたまたま人数が少なく、二十二人中八人しかいない。彼らをピックアップし、部活動と照らしあわせてみる。文化系部活動の生徒を除くと、五人の生徒が該当した。そのうちのふたりは野球部なので除外する。

残った三人は、いずれもサッカー部員だった。

「ビンゴ。授業時間が終わったらすぐに一年五組に行くぞ。圭司も一緒に来い」

「もちろんです」

「私も、行くわ」

ふたりの先輩のやりとりに、霧原先輩が割って入った。

「お前は来るな。俺らがしょっぴいてきてやるから待ってろ」

「これは私の問題なの。サッカー部の一年生たちの仕業だったら、たぶん、彼が裏で絡んでいるわ」

「鈴木さんですね」

中村先輩が言う。霧原先輩はかすかに頷いた。

「じゃあ、あたしが鈴木くんを呼び出すよ。合流場所はサッカー部の部室付近でいいよね」

佐川先輩が立ち上がったところで、チャイムが鳴った。

6

わたしたち一年生は、理科準備室に取り残されてしまった。高橋が沈黙を破る。

「一年五組でサッカー部なんて、髪を切られた被害者の小早川さんと同じ所属じゃないか」

「何か関連ありそうだよね。あたし、小早川さん呼んでくる。この三人で唯一面識があるし」

そう言って、村山は小走りで去って行った。

ふたりっきりになってしまった。目があってはそらすことを何度か繰り返して、高橋が切り出した。

「昨日バスに乗る前、どうしたの。急に何か哀しいことでも思い出した?」

「なんでもない」

「まあ、話したくなったら言ってよ」

「高橋には関係ないもん」

「だったら、余計に力になれるからさ」

「ありがとう」

「そうそう。素直なほうが美月ちゃんはかわいいなあ」

「子供扱いしないで」

手持ち無沙汰なので、ナレーション用の資料を取り出す。暗い中で説明するから暗記するようにと言われているのに、まだ全部覚えていない。

プラネタリウムの開演時間は、一回につき約五十分間を予定している。一日の上映回数は春、夏、秋、冬の四回だ。投影は男子部員が行い、ナレーションは女子が行う。

わたしは、春の星座のナレーションを担当している。それぞれの季節に関する星座の説明をするだけでなく、観客から一人選び、その人の誕生日の頃の夜空を映しながら誕生宮に関する神話を語る予定だ。どの星座の人が選ばれるか分からないので、十三星座にまつわる神話をすべて把握していないとならない。

資料をめくっていたら、ある神話が目にとまった。

「高橋、この神話、知ってる？　アフロディーテがちょっとだけ出てくる話」

わたしは彼の前に資料を置いた。

「もちろん、知ってるよ」

「ドームに髪の毛が置いてあったことと似てない？」

高橋は一瞬だけ資料に目を落としてから叫んだ。

「まさか、ベレニケの髪の毛に見立てているとか！」

「竹の箱の下に、これが敷いてあったよね」

わたしは机上に置いたままのレースペーパーを指した。

「なぜドームに髪の毛を置いたかというよりも、なぜハート型のレースペーパーの上に置いたかが問題なのよ」

「髪の毛は供物《くもつ》だったということになるのか」

「ハート型は愛と美の女神アフロディーテを表していそう」

「かみのけ座の神話なんて、知ってる人のほうが少ないのに。何でこんなことをしたんだ。それとも、神話に見立ててミスリードさせているのか」

高橋は頭を抱え出した。同時に引き戸が開いて、二年生の先輩たちが戻ってきた。それぞれ自分の席に座ると、榊原先輩が代表して説明を始めた。

「霧原にスライムを投げた奴らは、一年五組のサッカー部員で間違いなかった。二度と手出ししねえと誓わせてきたわ」

霧原先輩に振られたサッカー部の鈴木先輩は、荒れに荒れて、後輩たちに厳しく当たっていたそうだ。それを逆恨みし、彼らは霧原先輩を懲《こ》らしめてやろうとチャンスをうかがっていたらしい。

昨日は急に運動部の練習がなくなった。帰ろうとしたところ、三人はバス停に向かう霧原先輩を目撃した。行き先は霧原先輩の新しい恋人が通う県立高校だろうと見当をつけた彼らは、いったん教室に戻り、お化け屋敷の小道具として保管していたスライムを持って自転車で先回りした。

ちょうどバスが県立高校前についたところで彼らは霧原先輩の姿を見つけ、ひとりで公園にいたところを狙ってスライムを投げつけたという。

「鈴木さんにも話をつけてきました。後輩たちのやったことはまったく知らなかったけれど、自分の責任だと謝罪しています」

中村先輩が締めくくった。

「霧原先輩は、それでいいのですか？」

わたしは、加害者に対する被害者の思いが気になった。

「原因は自分にあるから、仕方ないと思ってるわ。髪の毛はまたすぐ伸びるでしょう」

最後の言葉が胸に突き刺さる。

髪の毛なら時間が経てば元に戻る。

でも、わたしの手は二度と戻ってこない。

「友紀ちゃんはどうしたの？」

佐川先輩が問う。

「村山は小早川さんを呼びに行ってます。ふたつの事件はやっぱり何か関係あるかもと思いまして」

「ちょっと待てよ、美月ちゃん。被害にあった一年生の女の子って、小早川美紀ちゃんだったのか！　しまった。最初に名前を確認しておけばよかったわ」

榊原先輩が大声をあげてスマートフォンを取り出した。

「俺、ケースケに聞いてみるわ」

霧原先輩は顔色を変え、榊原先輩の手を押さえた。

「先走りしないで。ねえ、今のケースケって、もしかして小早川圭介っていう人かしら」

「ああ、そうだよ。美紀ちゃんの兄貴さ」

「貴方とどういう関係なのかしら？」

「中学からの親友だぜ。県立高校に通ってるけど。ケースケと霧原って知り合いだったのか」

大きなため息をついて、霧原先輩は座り込んだ。

「小早川美紀さんって、〈コーちゃん〉の妹だわ。昨日は私の髪にスライムを投げつけられたことがあって、妹さんの話を訊くどころじゃなかったけど、まさか妹もそんな目にあってたなんて」

供物として捧げられた髪の毛。

なぜ、こんなことをしたのか。

ある予感がわたしの心に浮かぶ。

「地上の星座を写した日に、他の夜景も写しましたよね。今すぐ見せてください。できれば、校舎のすぐ近くを撮ったものを」

中村先輩はすぐにカバンの中から写真を取り出した。みんなで一枚ずつ覗きこむ。その中のグラウンドを写した一枚に、わたしは目をとめた。

写っているべきものが、写っていない。

取るものも取りあえず、わたしは理科準備室を飛び出した。

「美月ちゃん、どこに行くの」

呼び止めた高橋に、わたしは答えた。

「真実を知っている人のところ！」

7

教室に行ったら、ちょうど村山たちを見つけた。

「先輩たち、どうなった？」

村山が問う。

「霧原先輩の件は解決できたよ。でも、まだもうひとつ残ってる」

わたしは村山の隣にたたずむ女の子を見た。

不自然なほど短いおかっぱ頭で、子リスを想起させる愛らしい風貌。

小早川美紀だ。

ふたりだけで話したいことがあると断りを入れ、わたしたちは連れ立って武道場に向かって歩いた。そこしか、ひと気のない場所は思い浮かばないからだ。

「わたし、一年二組の菅野美月。天文部に所属してる」

歩きながら名乗った。わたしが天文部員だと、小早川はすでに承知しているみたいだ。

武道場の鍵は開いていた。誰も施錠のことまで気が回らなかったのだろう。上履きを脱ぎ、わたしはドームの前に彼女を座らせた。

何から話せばいいのだろうとしばらく考え、霧原先輩の件から始めた。

「霧原先輩がサッカー部の男子に嫌がらせをされたのは知ってる？」

「ええ。知ってるわ。だって、あたしがスライムを渡したんだもん」

世間話をするように、小早川はにこやかに答えた。きっと、人懐っこい子なのだろう。

「あなたのお兄さんと霧原先輩が付き合っているのが、そんなにイヤなの」

「そうよ。最悪だわ。あんな恋人を簡単に捨てるような人と付き合うなんて」

訊きたいことがたくさんあるのに、順序よく話すのが難しい。わたしはいちばんの疑問をぶつけた。

「あなたの叶った願いって、いったい何だったの？」

もし、夫が無事に帰ることができましたら、この髪の毛を断ち切って神殿に捧げることをお約束しましょう。

エジプトの王妃ベレニケは、夫が戦地から無事に帰ってきたので、自慢の髪の毛をアフロディーテの神殿に捧げた。大神ゼウスはその髪の毛の美しさを愛で、星座にしたという。

かみのけ座の神話だ。

中村先輩の写した夜景には、グラウンドの明かりが灯っていなかった。普段意識していないから、気にも留めていなかった。この前の土曜日、サッカー部の練習はなかったのだ。

ならば、なぜ、小早川は下校中に襲われたと言ったのだろう。

髪の毛の入っていたお菓子の箱は、サッカー部にも贈られたものだった。マネージャーなら部員に配った後に保持していたのも頷ける。

誰かに切られた髪を本人が持っているなどとは、誰も考えつかない。


小早川は、自分で髪の毛を切ったのだ。

ドームをアフロディーテの神殿に見立て、美と愛の象徴としてハート型のレースペーパーを敷いて。

ベレニケの髪の毛のように。

願いが叶ったお礼として。


「かみのけ座の神話にも気づいちゃったんだ。さすが天文部員ね」

小早川の目の輝きが変わった。何もかも話す覚悟を決めたようだ。

「去年の学園祭で、お兄ちゃんのいる演劇部がギリシャ神話を演じたの。かみのけ座のエピソードも話に組み込まれていたわ」

「たったそれだけのために、自分で髪の毛を切ったの?」

「違うわ。髪の毛を切っちゃったのは、あたしのミス。この前の土曜日、お兄ちゃんがリビングで、サファイヤみたいな石を使ってネックレスを作っていたの。何も訊いてないのに、あの人にあげるんだって嬉しそうに言ってた。あの人がこのネックレスをつけてプラネタリウムの説明をするところを見たいって」

わたしは話の続きを促した。

「あたしも、同じ石のネックレスをお兄ちゃんから誕生日プレゼントにもらっていたの。学校が休みの日はいつもつけてた。でも、あの人とお揃いなのが悔しくて、自分の部屋でネックレスを布切りハサミで切ろうとしたの。前からだと自分の肌を切っちゃいそうで怖かったから、こうやって、後ろから」

小早川は両手を背中に回して、そのときの仕草を見せてきた。

「髪型はポニーテールにしていたの。そうしたら、ちょうどポニーテールの真ん中あたりも、ネックレスと一緒に切っちゃったの。それで、一部分だけ短いのはおかしいから、思い切って自分で全部切ったの。せっかく髪の毛を伸ばしていたんだけど」

「なぜ、誰かに襲われて切られたと言ったの？」

「学校には『不審者が出たから気をつけてください』と忠告しただけよ。どうしてあなたが詳しく知ってるの？」

わたしは村山が校長室の前で立ち聞きしたことを伝えた。小早川は声を出して笑った。

「多少嘘をついても、学校は詮索しないと思ったの。六月に殺人事件も起きたし、さらに女の子が髪を切られたなんて事件が起きたら、入学志望者が減っちゃうでしょう。案《あん》の定《じょう》、騒ぎは大きくならなかった。あたしはただ、絶対人に知られたくない、親にも家族にも言えない、警察にも怖くて行けない、校外の人が学校に来るのは怖い、と嘆いただけよ」

今の最後の言葉が耳に残る。

「あなたの願いは……」

言葉に詰まった。自分の考えを認めたくないからだ。それでも、わたしは口にした。

「学校外の人が学園祭に来るのを避けたかったのね」

「そこまで分かっちゃったんだ」

「なんでそんなに自分勝手なのよ！　あなたのお兄さん以外にだって、うちの学校の学園祭に来るのを楽しみにしてる人だっているかもしれないでしょ。先生たちにも心配かけて、カリキュラムも変えて、わたしたちだって気味の悪い思いをして……」

「それでも、お兄ちゃんにはうちの学校に来てもらいたくなかったの」

「理由が分からない」

小早川は、眉根を寄せてつぶやいた。

「鈴木先輩とお兄ちゃんが、バッタリ会ってしまわないようにするためよ」

わたしは大きく息をついて首を振った。

恋人が昔付き合っていた人と会いたくない気持ちは分かる。だけど、そんなことは、小早川の兄の〈コーちゃん〉が決めることだ。妹とはいえ、人に踏み込まれたくはない。

ふと、ある可能性に行き当たった。

「あなた、鈴木先輩のことが好きなのね。だから、霧原先輩の新しい恋人には、学園祭に来てもらいたくなかったのね」

小早川は、頬を染めて頷いた。

「好きな人が傷つく姿は、誰だって見たくないよね。菅野さんだってそうでしょう?」

同意を求められ、思わず頷いてしまった。

「だったら、あなたが新しい彼女になって、傷ついている鈴木先輩を支えてあげることはできないの」

「そんなの望んでない。あたしは、自分の好きな人が幸せそうにしている姿を見るだけでよかったの。あの人のせいで荒れている鈴木先輩を見てるのは、すごくつらかった」

好きな人には幸せでいてもらいたい。

彼女の気持ちはよく分かる。

だからといって、許されることではない。

わたしは小早川を連れて理科準備室に行き、天文部員たちに真相をすべて伝えた。〈コーちゃん〉と親友で妹の美紀とも親しい榊原先輩が、いちばんショックを受けている。

「狂言だってバレてもいいと思ってた。切りたくなかったのに髪の毛を切ってしまった悔しさを、あなたに知ってもらいたかった」

小早川はまっすぐに、霧原先輩に視線を送った。

「鈴木くんって長い髪の毛が好きなのよね」

霧原先輩は目を伏せてつぶやいた。

「あなたまで髪を切ることになってしまったのは、ごめんなさい。あたしは、お化け屋敷みたいにちょっと懲らしめてほしいって、サッカー部の子たちにスライムを渡しただけなの」

「人に恨まれることくらい、覚悟していたわ」

感情を抑え、凛《りん》とした態度で答える霧原先輩は、アフロディーテのように見える。

「これだけは分かって。私、あなたのお兄さんが大好きなの。鈴木くんのことをずっと好きでいられなかったのは申し訳ないわ。でも、そのかわり、あなたのお兄さんとは絶対別れない。納得いかないかもしれないけど、時間をかけて認めてもらうわ」

完敗だ。

小早川は不機嫌な表情のままでいたけれど、榊原先輩になだめられて、渋々承諾した。

「それでは、学園祭にお兄さんを呼んでください。部外者立入禁止のままでも、身内の美紀さんならお兄さんを呼べますよね。学校にいる時間と行動ルートは霧原さんと〈コーちゃん〉であらかじめ決めておいて、美紀さんに伝えてください。美紀さんは、鉢合わせしないように、鈴木さんと一緒に行動しましょう。貴女のような可愛いマネージャーから学園祭を一緒に回ってほしいと頼まれたら、鈴木さんも喜んで受け入れてくれますよ」

中村先輩は、日頃の静かな笑みを浮かべて説き伏せた。

「それじゃあ、美紀ちゃん、職員室に謝りに行くぞ。かなり怒られるかもしれないけど、俺も一緒に謝ってやるから心配するな。部外者立入禁止も解除になるかもしれないな。そうなったら全校生徒や近隣学校に緊急メールを送らないと。忙しい夜になりそうだぜ」

「さすが、生徒会役員。見直しました」

「いつもはどう思ってるんだよ」と言って榊原先輩は中村先輩を小突くと、小早川を連れて理科準備室を出て行った。

「いろいろあって疲れたわ。真由美ちゃん、一緒に帰ろう」

佐川先輩は肩を落とし、プラネタリウムの練習は明日にしてほしいと訴えた。

「私も地上の星を探しに行きたいので、今日の活動はお休みにしましょう。どなたか、梨畑に付き添ってくれますか。犬を遠ざけてもらいたいので」

「あたしが行きます！」

村山が飛び上がって手を挙げた。

わたしも帰ろうとしたら、高橋にカバンの紐を引っ張られた。

「美月ちゃんにはまだナレーションの練習が残ってるでしょ」

有無を言わさず、武道場に引っ張っていかれた。

8

ドームに入るとすぐ、高橋は出入口を段ボールで封鎖した。

「ペンライト、点けてもいい？　まだ原稿見ないと不安」

真っ暗な空間にわたしは腰を下ろして言った。

「点けないで！　暗記は帰宅してからでもできるでしょ」

「じゃあ、どうして……？」

暗闇でふたりっきりという状態を、改めて意識する。

「いいよって言うまで、ちょっと目を閉じてて。大丈夫、何もしないから。ああ、何もって、その、心配しなくていいから」

おひつじ座流星群の日にも同じようなことを言われたと思い出しながら、わたしは目を閉じて、心の中だけで男性デュオの曲を歌った。横から何かを動かす気配がして、高橋から「目を開けていいよ」と声がかかった。

「うわあ」

頭上に、本物そっくりの夜空が広がっている。右手を伸ばすと届きそうなほど、手作りの星の光がわたしたちに降りそそぐ。

「この星は、日中に輝く星です。ここに太陽があるので、普段は見えません」

高橋はいったん投影を切って、太陽の代わりに懐中電灯の光を南の空に映した。すぐに光を消し、また星空を映し出す。

「太陽のすぐ横に、乙女座があります。乙女座は、豊穣の女神デメテルが左手に麦の穂をもつ姿だと言われています。この星座の人は、過去を殺して常に新しい自分を発見し、純真無垢な乙女でありたいという考えを持っているようです。けれど、特に恋愛面では、頭で考え込んでしまい、自分の殻に閉じこもりがちになる傾向があります。本当のことが言えずに、苦しんでいることもあるそうです。自分で勇気を出して、この殻を打ち破ってみるのはいかがでしょうか。そうすることで、あなたが求めるように、心と身体の両方の安らぎを手に入れられるかもしれません」

頭上の星空は、絶対忘れることのない日にちと時刻のものだった。

次にこの日のこの時間がきたら、わたしは、ひとつ年を取る。

「呼び出したのは、美月ちゃんに笑ってもらいたかったから。もし、俺がバス停で何かひどいことを言ったのだとしたら、ごめん。でも、心当たりがまったくないし、俺は美月ちゃんを悲しませるようなことは絶対しないから、ほかに事情があると思って」

「好きな人が傷つく姿は見たくない」という小早川の言葉がよぎる。

「わたしの身体が普通の人と違うから、髪型が変わっても分かるって言いかけた」

「それは誤解だよ」

「だって、こっちを見てた」

わたしは自分の左側を指さした。

「それは、美月ちゃんのずっと後ろの方にジョンがいたから。あ、ジョンって梨畑の犬の名前ね」

高橋は一呼吸置き、暗がりの中でも伝わってくるほど、わたしの目をまっすぐ見つめて言った。

「好きな子のことは、どんなに見た目が変わっても分かるって言いたかったの」

わたしは勇気を出して右手を伸ばした。自然に手と手が重なりあう。

「美月ちゃん、おひつじ座の説明はできる？」

「ま、まだ」

「俺の星座なのに、お返しに説明してもらいたかったなあ」

高橋が手に力を入れた。

「ねえ」

すぐ横にある高橋の目を見据えた。

「中村先輩が写した地上の星座って何だったんだろうね」

高橋は、慌てて手を離して立ち上がった。

「お、俺は何も知らない」

「嘘をつく人だとは思わなかったよ」

わたしは大げさに口を尖らせた。

「ねえ、高橋は地上の星座の写真を見ていないのに、どうして乙女座だって言えたの。みんな星座名までは言ってなかったのに」

それは、高橋が地上に輝く星座の正体を知っているからだ。

「まったく、美月ちゃんにはかなわないなあ」

高橋はスラックスのポケットから、小さな巾着袋を取り出した。投影機の光を下に向け、袋の中身を暗幕の上にばら撒く。金粉の混ざった星型の欠片が散らばった。

「まさか、佐川先輩のおうちで作ってる金平糖だったの？」

「正解。これは見本の金平糖だから、味がついてないんだけどね」

頭上に光る乙女座と同じ形を、高橋は暗幕の上に作っていく。

「母親が入院していてバスで見舞いに行ってた頃、梨畑の息子さんと知り合ったんだ。天文に興味を持ってるけど、高校受験の勉強の邪魔だって親御さんがうるさいらしい。それで、たまに部活のない日に、梨畑で待ち合わせて星のことを教えてた。この前の土曜日は、金平糖を使って乙女座の説明をしてたんだ」

だから最近、高橋をバス停の近くで見かけると、クラスの女子が言っていたのだ。

「昨日撮った写真に地上の星座が写ってなかったのは、ジョンが金平糖を食べちゃったからだよ」

地上に輝く星座の真相は、ふたりだけの秘密にするらしい。

「解けない方がいい謎もあるんだ」と、高橋はバス停で笑って言った。

すり替えられた日食グラス

1

五月の長い連休が明けたら、春というよりも初夏に近い風が吹くようになった。放課後になってもブレザーを着用せず、ブラウスにスカートと同系色のニットベストを重ねたままで、わたしはバスケ部の水沢麻衣《みずさわまい》と教室を出た。

高校二年生になってクラスが替わるのはちょっと抵抗があったけれど、すぐに新しい友人ができた。占いや流行ものが好きな子たちと五人で、わたしはいつも行動している。麻衣はその中のひとりだ。

「ねえねえ、美月は誰と金環日食を見るの？」

再来週の月曜日、五月二十一日の朝七時半すぎに、金環日食が起きる。

日食とは太陽が月の陰に入る現象を指す。日食にはいくつか種類があって、月の陰の外側に太陽がはみ出し、細い金色のドーナツ型に見える状態を金環日食と呼んでいる。

前回の日本での金環日食は、二十五年前に沖縄本島で観測された。わたしたちが住む地域では一八三九年以来で、次回は三百年後だという。

「部活の人たちと一緒に、学校の屋上で観測する予定だよ。太陽観測用の望遠鏡もあるから」

「そんなの全然ロマンティックじゃないよ。あたしは彼氏と学校の近くの神社で見る予定。この機会に告白する子も多いみたいだから、美月もがんばろうよ」

もうすぐやってくる一生に一度の大イベントのおかげで、学校内だけでなく、世間でもちょっとした天文ブームが起きている。太陽を見るための日食グラスも、すでに近場では売り切れになっていた。麻衣は幸い、入手できたらしい。


わたしだって、大好きな人と一緒に見る予定だもの。


二階の端にある理科準備室の手前でわたしたちは別れた。

「お疲れさまです」と言って、右手で勢いよく引き戸を引く。ほかの部員たちはすでに揃っていて、中央にある大きな机を取り囲むようにして座っている。

なんだかいつもより空気が重苦しい。軽く目礼し、出入口に近い席に腰を下ろす。

「菅野さん以外の方には報告済みですが、再度お伝えします」

いちばん奥に座る三年生の中村圭司先輩が立ち上がった。誰に対しても丁寧語を使い、いつも温和な笑みを浮かべているけれど、今日は左右均等の整った風貌が翳《かげ》りを帯びている。

「このままでは、天文部は廃部になってしまいます」

昼休みに開催された部活動長会議で、部員が十人に満たない部活動は同好会にすると決まったそうだ。現時点ではまだ仮決定だけれど、六月のはじめに行われる生徒総会で可決されたら、その日から実行されるとのことだった。

天文部は三年生が四人、二年生が三人、一年生が一人、合計八人の少人数の部活動だ。同好会になると部室は使えなくなるし、備品を購入する予算も下りなくなる。それどころか、学園祭などの校内行事に参加したり、自由に屋上を借りて天体観測したりすることもできなくなってしまう。

「あちこちにお願いして名前だけ借りるのはどうかしら」

三年生の霧原真由美先輩が、頬にかかる髪を耳にかけながら言った。霧原先輩は学校でいちばんの美人で、何気ない仕草でも思わず目を奪われる。彼女が頼めば、名義だけでも部員になってくれる人は多そうだ。

「そこまでして存続させたくはありません」

もともと中村先輩は入部希望者に面接を行うほど、いたずらに部員が増えることを嫌がっている。そのおかげで、部員たちの結束力は強い。

「生徒総会で否決されるかもしれませんよね」

かすかな期待を持って、横に座る榊原大和先輩に問う。彼は、生徒会と天文部を掛け持ちしている学校の事情通だ。

「廃部になる部活動が出たら、学校から出る予算は、文化系は文化系、体育会系は体育会系で山分けになる。どの部も少しでも予算は欲しいから、賛成は多いだろうな」

いがぐり頭をかきむしりながら、榊原先輩は答えた。中村先輩は目を伏せ、大きなため息をつく。

「残念です。今年の予算とこれまでの残りを足して、ワンランク性能の高い天体望遠鏡を購入しようと思っていたのですが」

「最新の天体望遠鏡なら、グリーンエコマークのポイントをいちばん集めればもらえるんだろ？同好会になって予算が下りなくても入手できるんじゃないか」

グリーンエコマークとは、エコ活動に積極的な企業の商品パッケージについているマークのことだ。そのグリーンエコマークを集めると枚数によってポイントに換算され、そのポイントの数により、いろいろな商品と交換できるらしい。

「望遠鏡は欲しくても買えない環境にいる人にもらってほしいものです。私は遠慮したいところです」

「そんなこと言って、お前がトイレットペーパーの芯を集めているのを知ってるぞ。あれにもグリーンエコマークが入ってるだろ」

「ち、違いますから。まったく、人のロッカーを勝手に開けないでください！」

「変に隠すから気になったんじゃないかよ」

「はいはい。ふたりとも分かったから、現実的に考えようよ。集めるんじゃなくて、配るのはどう？」

お下げ髪を結び直していた三年生の佐川ひとみ先輩が仲裁に入った。中村先輩の肩にも届かないほどの小さな身体を大きく動かし、佐川先輩はキャビネットの上に置いてある〈佐川製菓〉のロゴがプリントされた紙袋を引きずり下ろした。

紙袋の中には、カラフルなセロファンで作られたラッピング袋がたくさん入っていた。

「あたしたち三年生って、来週から沖縄に修学旅行に行くでしょう。星の砂を持って帰ってこれに入れて、天文部に入りませんかって新入生に配ろうよ」

みんなはそれぞれ袋に手を伸ばす。

「こんなにたくさん、俺らがもらっていいのかよ」

榊原先輩が言った。

「バレンタインデーやホワイトデー用にお父ちゃんが注文したんだけど、手違いで大量に余っちゃったのよね。捨てるのはもったいないから、何かに使ってほしかったの。ちょうどいいでしょ」

「綺麗な袋なんだから、お前の店で来年も使えばいいじゃねえか」

「あたしもそうしたいんだけど、無理なのよ。ほら、表面に薄く年号が入っちゃってるでしょ」

袋のひとつをかざす。〈２０１２〉と書かれた透かし文字がたくさん入っている。

「あの」

今まで黙っていた二年生の高橋誠が口火を切った。派手な縁のメガネが特徴的で、周囲から軽い奴と言われているけれど、中村先輩と張り合うほど天文に関する知識は深い。

「これ、かなり特殊なセロファンを使ってますよね」

「ええ、そうよ。寒い季節とはいえ、チョコレートが溶けないようにって、直射日光が通りにくいものにしたらしいわ。紫外線や赤外線もカットできる素材なんですって」

佐川先輩が答える。

「せっかくなら、この袋で日食グラスを作って配りませんか」

それぞれの視線が高橋に集まった。

「名案です。金環日食観測を、新入生勧誘イベントにしましょう」

中村先輩がまとめた。

高橋いわく、日食グラスはきちんとした材料があれば簡単に作れるそうだ。

まず、空っぽの一リットルの牛乳パックを切り開き、よく洗って乾かす。正方形をした口の部分と底の部分は必要ないので、切り取って捨てる。残った側面の長方形の部分は折れ線に沿って四つに切り分けていく。それから、長方形の長い線が横になるよう机に置き、中心線を引く。その線から両サイド二センチほどのところに、中央から合計で縦に三センチ、横に四センチ程度の長方形になるよう線を引き、切り取る。四角く穴を開けたその二箇所に、紫外線と赤外線をカットする素材のフィルムシートをセロハンテープで貼ったら完成だという。

「実は日食グラスを手作りしたくて、いろいろと準備していたんです。目をあてる穴の部分は型紙を作ってあるので、これに沿って切り取ってください」

高橋はカバンの中から長方形の厚紙を持ってきて言った。さらに、ブレザーの内ポケットから三角スケールを取り出し、ラッピング袋の長さを測る。四センチ×五センチに切れば、一枚のラッピング袋から八枚とれると彼は算出した。

牛乳パック一本、ラッピング袋一枚で、四個の日食グラスが作れるそうだ。

「必要な道具は、牛乳パックを切り開くハサミ、穴の部分を切り取るカッター、定規、カッティングボード、セロファンを貼り付けるセロハンテープですね」

中村先輩は文具ケースの引き出しを開けながら言った。

「一年生の人数は三二七人だろ。キリのいいところで三二〇個くらい作るのか。結構な数だなあ」

榊原先輩がぼやく。

「いえいえ、一千個くらい必要ですよ。一年生だけじゃなくて、全校生徒に配りましょう。もちろん、教職員にも」

「頼むから無茶ぶりするなよ」

「あからさまに一年生にだけ配るのは美しくありません」

中村先輩は涼しい顔で応対する。

「そもそも、いつまでに準備するのよ。今日は火曜日でしょう。来週の火曜日から私たち三年生は修学旅行に行くのよ。週末は土日ともバイトでつぶれちゃうから、その前に旅行の準備もしておきたいわ。だから、部活にばかり時間を費やせないの」

霧原先輩も浮かない顔になった。

バイトとは、今度の日曜日に行われる漢字検定の試験監督のことだ。わたしたちの通う鵬藤高校も試験会場になっていて、年齢を問わず様々な人たちが受験をする。なので、その前日の土曜日に、試験監督をする生徒は校内で研修を受けるらしい。

「確かにスケジュールが厳しいですね」と中村先輩は腕を組んでしばらく考え、ホワイトボードの前に立った。

「それなら、目標は金曜日の朝までに百個作成完了にしましょう。できたものをまとめて箱に入れて〈ご自由にお持ちください〉と張り紙をして昇降口に置きます。その減り具合を見て、あとどのくらい作っていくか決めましょう。ひとりずつ配るよりも、量が少なくて済むかもしれません」

本人の外見と同じく整った文字で、今日の活動内容がホワイトボードに書かれていく。

榊原先輩と霧原先輩で、学校前にあるコンビニにセロハンテープを買いに行くついでに、資源ゴミの回収箱から牛乳パックを全部もらってくる。コンビニには空き缶や空のペットボトル以外に、紙パック専用のゴミ箱も置いてあるらしい。

佐川先輩は金環日食観測を校内イベントにする許可を職員室に申請しに行く。もっとも交渉力に長けているからだそうだ。

残りの人たちは、ラッピング袋をできるだけたくさんカットする。牛乳パックの回収後は、手の空いた人から洗浄を行う。

みんなは一斉に動き始めた。

「あ、美月ちゃんはこっち」

高橋に呼ばれ、わたしはパソコン前に座らされた。

「イベント案内のポスターを作ってくれる？　いいですよね、中村先輩」

「もちろん。菅野さんがこの中でいちばんセンスがいいですから。じゃあ、あとは皆さん、よろしくお願いします」

にこやかに言うと、中村先輩は上着を羽織った。

「用事でもあるのですか？」

デザインサイトの履歴を探しながら、わたしは訊ねた。

「空を見てきます」

思わぬ返答にカーソルがずれてしまった。モニターには、金環日食の案内と南国の島の写真が表示されている。

「いろいろ、たいへんなんですね」

ハサミを手に、新入生の戸田健一《とだけんいち》くんがつぶやく。その言葉は天文部全体に対して言ったのか、作業をしない中村先輩に言ったのか、片手でたどたどしくキーボード入力をしているわたしに向けて言ったのかは分からない。

しばらくして、榊原先輩と霧原先輩が一リットルの牛乳を一本とセロハンテープを手にして戻ってきた。空の牛乳パックは、なぜかひとつも資源ゴミに出されていなかったそうだ。

店員さんによると、最近、紙パック専用の資源ゴミ箱から牛乳パックだけがすべてなくなったり、逆に大量に捨てられたりしているらしい。

「ちょっと気持ち悪いけど、防犯カメラに怪しい人は映ってないそうだから、事件性はないみたいなの」

「まあ、あのやる気のない店員のあんちゃんなら、たとえ商品が盗まれたって気づかなさそうだけどな」

霧原先輩に相槌を打ちながら、榊原先輩は買ってきたばかりの牛乳を直飲みした。

2

次の日。放課後になるとすぐに職員室に行って鍵を借り、わたしは理科準備室に入った。

「何、これ。いつのまに」

暗幕を閉めている窓際には細いロープがわたっていて、洗濯バサミで留めた牛乳パックが万国旗のようにぶら下がっていた。

「あれ、菅野、早いじゃん」

声の主は部員の村山友紀だった。頭のてっぺんに大きく作ったお団子頭がトレードマークで、活発で好奇心旺盛な性格の同級生だ。

村山は持っていた紙袋を机の上に勢いよく置いた。反動で、中身が出てくる。

牛乳パックだ。

しかも、大量にある。

「今日の午前中、病院に行ったら、そこの敷地内でリサイクルゴミの回収箱を見つけたんだ」

年明けから歯列矯正を始めた村山は、治療がかなり困難ということで、月に一度午前中に隣町の歯科大学病院まで通っている。二時間目は同じ選択科目を履修しているのに、彼女の姿を見かけなかったはずだ。

「村山って気が利くよね」

「まあね。昨日の夜、誠から『家の近所で牛乳パックを回収できたら回収してきて』って一斉送信メールをもらったからさ。意外と重かったわ。筋肉ついちゃうかも」

村山は折れそうなほど細い腕をさすって言った。

わたしはそんなメールをもらっていない。高橋とはクラスが替わってから毎日のように電話をしているけれど、昨夜、彼は一言も言っていなかった。

「中村先輩！　昼休みにお手伝いできなくてごめんなさい」

突然、村山が出入口に向かって頭を下げた。ほかの部員たちが一斉に入ってきたのだ。

「通院日ですから仕方ありませんよ。早く治療が終わって、今よりももっと綺麗になれるといいですね」

「今も綺麗だなんて、そんな……」

中村先輩に笑顔を向けられ、村山は頬を薔薇色に染めた。声までしおらしい。

村山は昨年、入部前の面接で「新しい星を見つけて、その星にまつわる物語を書きたい」と語ったそうだ。「素晴らしい着眼点です」と中村先輩に絶賛され、その日以来、彼女の恋は始まった。

他の部員たちはみんな村山の気持ちを知っているけれど、肝心の中村先輩はまったく気にも留めていない。

「友紀ちゃんがこんなにたくさん持ってきてくれて助かるわ。昨日の今日だから、みんながそれぞれ探してきても、二十本程度しか集まらなかったのよね。おかげで洗うのは楽だったけど。うーん、まだ乾いていないわね」

佐川先輩は背伸びをして、牛乳パックの万国旗に両手を伸ばした。

「あたしの持ってきたものなら、洗わなくても大丈夫そうです。ばっちり消毒してあるから、このまますぐに再利用できるって受付の人が言ってました」

村山の持ち込んだ牛乳パックは、綺麗なエメラルドグリーンのパッケージだった。ロゴにもこだわっていて、成分表示などの情報が表示されている部分ですら、凝《こ》った書体を使っている。

「五十本くらいあるから、これだけで二百個は作れるのか。処理してあるから早く作業が進められるね」

高橋が率先してエメラルドグリーンの牛乳パックを切り開いていく。ほかの人たちも彼にならい、作業を始めた。

そのとき、一年生の戸田くんがひとりひとりに頭を下げてきた。

「何もできなくてすみません！　高橋先輩からメールをもらっていたのに」

みんなは驚いた。高橋とは仲が良いけれど、他の人たちに対しては必要最低限の言葉しか発しないからだ。

彼の自宅は、学校から歩いて十分強かかるバス停のすぐ近くにある。入学前の電車との接触事故で負った怪我が原因で自転車に乗れないから、不便でもバス通学しているわたしは、部活のあと、戸田くんと同じ方向に下校する。だけど、彼はいつも走ってひとりで帰ってしまう。なので、星を見ることにしか興味のない子だと思っていた。

「夜に親父と資源ゴミの回収箱を探したんですけど、うちの近所には空の牛乳パックが全然なかったんですよ。うちは牛乳屋さんでビン牛乳を買ってるから、高橋先輩みたいに自宅で使ったものを持ってくることもできなかったんです」

なぜ、学校の近所には牛乳パックがないのだろう。

聞こうとしたところで、霧原先輩がフォローを入れた。

「気にしなくていいわよ。私だって一枚も持ってきていないもの。そもそも、ここにあるのは高橋くんが用意したのではなくて、ほとんど圭司が自分の家から持ってきたのよ。洗って干したのは私たちだけどね」

「どうも」と戸田くんは目を泳がせてつぶやいた。どうやら、年上の女性には弱いようだ。

「あれ、中村先輩って、一家全員牛乳お嫌いじゃなかったでしたっけ」

村山が首を傾げる。

「さすが村山さん。気が利くだけでなく、記憶力も抜群に良いですね」

「でも、ご自宅に牛乳パックがたくさんあったのですよね」

「まあ、深いことは気にしないでください」

「そうそう。あんただって、たまには役に立たないとね」

佐川先輩は中村先輩の肩を叩くと、机上を簡単に片付けてカッティングボードを並べていった。

わたし以外のほかの人たちには、高橋からメール連絡が届いている。

ハサミを握る右手に力がこもった。

「美月ちゃんはこっちを手伝わなくても大丈夫だよ。それより、事務室で日食観測案内のプリントを刷ってきてくれるかな?」

高橋が指示を送ってくる。

わたしだけ、除け者にされている気がした。戻ってこなくてもいいように、カバンとブレザーを右手に取る。作業に夢中になっているせいか、誰も声をかけてくれない。

逃げるように理科準備室を出たら、高橋が後を追いかけてきた。顔を背けて階段を下りる。一階に着くと同時に、左肩が不自然に揺れた。高橋がわたしの左手をつかんだのだ。

「やめて! 引っ張らないで!」

身体をひねり、右手で彼の手を振り払う。そのままの姿勢で、わたしたちは立ち止まった。行き交う生徒たちが、怪訝な目で見ていく。

「美月ちゃんだけメールを送っていなくてごめん。電話のときに言えばいいと思っていたんだけど、つい忘れてた」

周囲を見渡してから、高橋は頭を下げた。

「最近、美月ちゃんを特別扱いしないように気をつけているから、俺の態度がそっけなく見えるかもしれない。だから不機嫌なんだよね」

一年生のときのように、学校に行けば必ず高橋と顔を合わせられるわけではない。でも、今までよりも、彼との距離はずっと近づいている。

「別に高橋が悪いわけじゃないもん」

「じゃあ、何?」

高橋の眼光が鋭くなる。分厚いレンズのせいではない。わたしの心の奥を探ろうとしているのだ。黙ったまま、彼の反応を待つ。

「理由を言ってくれないと分からないよ。俺だって、いつも美月ちゃんの気持ちを察知できるわけじゃないから」

二年生になってから、高橋は先輩の顔になった。今までの過保護さがなくなってきている。四月生まれのせいだけではない。もともと責任感が強いのだ。クラス内では、きっと一年生のときのように軽い人と見せていそうだけれど。

自分の気持ちをうまく言葉にできない。

「わがまま言わないように気をつける」

それだけ言って、わたしは事務室に向かった。途中で振り返ると、彼の姿はもうなかった。

3

木曜日の放課後に、二百個の日食グラスが完成した。村山のおかげで、予定よりもずっと早く作業が進んだのだ。中村先輩の決めたノルマを、あっさりクリアできていた。

今日は、日食グラスの設置を開始する金曜日だ。

二本早いバスに乗って、わたしは登校した。急に打ち解けだした戸田くんも一緒だ。

「うわ。なんすか。これ」

昇降口には、プラカードを持った生徒たちが待機していた。写真部、園芸部、化学部、キックボクシング部、フリークライミング部など、少人数の部活動ばかりだ。

「おはよう。君たち、部活にはもう入ってる？　掛け持ちも大歓迎だよ」

囲碁盤の描かれた布を巻きつけた男子生徒が、声をかけてきた。隣のクラスの囲碁部の男子だ。

「いえ、あの、僕たちはもう入ってますから」

「ごめんね。お互い勧誘がんばろうね」

わたしたちは急いで靴を履き替え、職員室に向かった。鍵を借り、理科準備室に二百個の日食グラスを入れた紙箱を取りに行く。紙箱は戸田くんが持ち、わたしは日食観測案内用のポスターを右脇に抱えた。廊下で勧誘している生徒たちをくぐり抜け、靴箱の上に箱を置く。

「菅野先輩、ここ、三年生の靴箱ですよ」

「ここしか空いてないんだもん」

他学年の靴箱の上は、物がたくさん積んである。きっと、勧誘活動で使うのだ。

わたしは裏に貼った両面テープをはがし、紙箱の側面にポスターを貼り付けた。ポスターには大きく『日食グラスです。ご自由にお持ちください』と書いてある。

「やっぱり、登校時を待ち構えて、学年問わず手渡ししましょうよ。そのほうがインパクト強いですよ」

「水曜日と木曜日の二日間で二百個のペースだよ。全校生徒分を用意していたら、日食当日になっちゃうよ」

今日は金環日食のちょうど十日前だ。

「それに、なぜか牛乳パックが手に入らなくなってるし」

「やっぱり菅野先輩もおかしいと思いました？」

戸田くんも不思議に思っているようだ。

「でも、ほんっと、天文部ってたいへんですよね。僕は星だけ見ていればいいって思っていましたよ」

「地道な作業が多いから、みんなで星を見たときにすごく感動できるの」

「さすが菅野先輩。いいことを言いますね」

戸田くんは中村先輩の口調を真似してきた。わたしは霧原先輩のように口元だけで笑みを浮かべた。

紙箱を気にする人は何人かいたけれど、日食グラスを手に取る人はいない。がっかりして、わたしたちはそれぞれの教室に向かった。

昼休みの前に、中村先輩から「今日の部活動はお休みです」というメールをもらった。本来、天文部の活動は火曜日と金曜日の週に二回だ。今週は火曜日から三日連続イレギュラーに活動をしていたから、休みたくなるのも無理はない。

放課後になり、教室を出たところで、背後から肩をつかまれた。

「ちょっと、あたしたちも新入生の勧誘していこうよ」

村山だ。

「〈焦らなくてもいいです〉って中村先輩からのメールにも書いてあったよ」

「でも、廃部になっちゃったらどうするのよ。まったく、みんなのんきなんだから」

廊下や階段でも、わたしたちは勧誘の生徒たちにつかまった。中には、「名前だけでも入ってほしい」と言う人もいた。

どうにかすり抜け、昇降口までたどり着く。隅にある水槽の前に、高橋がいた。今日はバス停まで送ってくれるという。

高橋は自転車通学だけれど、一緒に帰る日はバス停まで歩き、わたしがバスに乗るのを見届けてから自転車を取りに学校に戻る。彼に負担をかけさせたくないと喧嘩をしたこともあったけれど、今ではすっかり慣れてしまった。

「ねえ、あたしたち、本当に何もしなくていいの?」

村山が高橋に詰め寄る。

「ちょうど人もいっぱいいるんだから、今から配っちゃおうよ」

そう言って、村山はわたしと高橋の腕をつかんで、三年生の靴箱まで引っ張って行った。

「気持ちは分かるけど、無理に押し付けるのはよくないって」

高橋は抵抗しながら、空いているほうの腕を上げて言った。

「あ、中村先輩!」

村山は途端に手を放す。わたしはバランスを崩して転びそうになった。

「ほとんど減っていませんね」

本当に中村先輩がいた。天体望遠鏡を抱えている。帰るわけではなく、日食グラスの様子を見に来たようだ。

「これから屋上で観測ですか?」

「ええ。最近、昼の月を見ていなかったものですから」

「じゃあ、あたしも行きますー!」

村山は跳ねるように中村先輩のあとをついて行ってしまった。

わたしと高橋は顔を見合わせて苦笑し、上履きを履き替えて校舎を出た。

「実は、おかしなことが起きたんだ」

しばらく雑談を交わした後、高橋は話題を切り替えた。

「昼休みに理科準備室に行ったら、最初に中村先輩がたくさん持ってきた牛乳パックがなくなっていたんだ。あの、万国旗みたいに干していたやつ。美月ちゃん、ロッカーにでも片付けた?」

なんでも、村山が歯科大学病院でもらってきた大きな紙袋に保管していたら、その紙袋ごとなくなってしまったらしい。

「わたしじゃないよ。村山も何も言ってなかったよ」

「あと百個くらい作れるほど残っていたのになあ」

「今、中村先輩に聞いてみればよかったね。天体望遠鏡を持っていたから、理科準備室に寄ってるはずだし」

「いやあ、紙袋がひとつなくなったくらいじゃ、中村先輩は気づかないでしょう」

貴重品ではなく、紙袋がひとつだけなくなるのはおかしい。

「牛乳パック盗難事件でも起きてるのかなあ。盗まれてすごく困るものではないけど、さすがに俺も気味が悪くなってくる」

「追加の日食グラス、どうしよう」

「今日の様子だと、当面は用意しなくても大丈夫そうかな」

「そういえば、高橋はどうして日食グラスを作る準備をしていたの」

バス停に着いたところで、先日からの疑問を口にした。

「まるで、前から大量に日食グラスを作る計画を立てていたみたいだよ」

「いやあ、それは……。必要な人がいるかもしれないなと思ってさ」

「校内とかに？」

答を聞く前に、バスが到着した。

4

変化が起きたのは、週明けだった。

「美月先輩！」

ホームルームの前に、戸田くんがわたしのクラスに飛び込んできた。

「日食グラス、すべてなくなりました！」

スマートフォンの画像を見せられた。空っぽの紙箱と笑顔でＶサインをしている戸田くんの姿が写っている。

「すぐに新しいものを作らないと！」

「その心配はいりません」

彼は誇らしそうに言った。

「実は僕、土曜日に登校して理科準備室に残っていた牛乳パックをこっそり持ち出して、自分の教室で日食グラスを作っていたんですよ」

「じゃあ、牛乳パックは盗まれたんじゃなかったの？」

盗難事件なんて、起きていなかったのだ。

「美月先輩、紙箱が壊れていたので、新しいものを用意してくださいね」

ちょうどチャイムが鳴ったので、戸田くんは去って行った。


放課後。今日は活動日ではないけれど、わたしたち二年生は戸田くんに呼び出され、理科準備室に集まった。

なんと、戸田くんの作っていた日食グラスが紙袋ごと消えたそうだ。

朝、わたしのクラスに寄ったあと自分の教室に行ったら、もうすでになくなっていたらしい。

「ゴミと間違えられて捨てられちゃったのかなあ」

村山が言った。

「ありえません！　紙袋の側面に太いマジックで〈日食グラス作成中〉と書いておいたんです。それに、学校のゴミ回収所も確認してきましたし」

戸田くんは激しく反論する。

「じゃあ、日曜日に榊原先輩あたりが配ってくれたんじゃないの。漢字検定を受けに来た人が、教室に大量の日食グラスが置いてあるのを見て欲しがったのかもしれないし」

「いえ、それはないです」

彼は榊原先輩に仲介に入ってもらって、戸田くんの教室で試験監督を担当した生徒にも確認したそうだ。

「おかしいよね。ひとつやふたつじゃなくて、全部いっぺんになくなるなんて」

わたしがみんなに言うと、村山が同調してきた。

「ねえ、それって、あたしたちに新歓をさせないという嫌がらせだったりして」

「あああああ！！」

わたしは右の耳を押さえた。隣にいた戸田くんが叫び、さらに早口でまくし立てる。

「昇降口の日食グラスの箱が空っぽになってたのも、希望者が持って行ったのではなく、僕たちへの妨害ってことですか」

「ありえるね。天文部が廃部になったら、そのぶんの予算が回ってくるんだから」

「こうなったら、片っ端から少人数の部活動の部室を探しましょうよ。きっとどこかにあるはずです」

「牛乳パックが手に入りにくかったのも、あたしたちが探しているのを知って、先回りしていたのかもしれない」

理科準備室を出ようとしたふたりを、高橋は引き止めた。

「その考えは短絡的すぎるよ。俺たちは派手な勧誘行為をしていないでしょう。だから、部活存続に必死になっているようには見えない。君らの言うように、新歓活動の嫌がらせ行為だったら、ほかの部活をターゲットにするよ」

「でも、高橋先輩」

「俺たちでまた新しく作り直そうよ。ラッピング袋はまだたくさんあるんだから、金環日食までの残り一週間で、できるだけたくさん作ろう」

まずは牛乳パックを集めなければと、わたしはパソコンを立ち上げた。

グリーンエコマークの公式サイトから、学校周辺にある資源ゴミの回収箱の場所を確認し、みんなで手分けして回収することになった。わたしは学校前のコンビニと、戸田くんの母校でもある近隣の小学校の担当になった。

昇降口で自転車置き場に向かうみんなと別れ、わたしはひとりで校舎の目の前にあるコンビニに入った。

何年か前まで個人経営のパン屋さんだったお店のせいか、大手のチェーン店とは違って家庭的な雰囲気が漂う。コンビニというよりは、街の何でも屋さんといった感じだ。

レジには榊原先輩の言っていた〈やる気のないあんちゃん〉ではなく、しっかりしていそうな中年の女性が立っている。グリーンエコマークのエプロンを身に着け、名札にはすごく珍しい書体で〈店長〉と肩書きがついている。

店長から用途を訊かれたので、わたしは事情を説明した。

「せっかく来てくれたのに、うちでは今、牛乳パックの紙ゴミがないんですよ。こちらも気がついたら取っておきますから、また寄ってもらえますか」

「お詫びに」と、店長さんはグリーンエコマークの入った特大サイズのエコバッグをくれた。

「あの……どうかされました？」

つい、店長さんの名札をじっと見つめてしまった。

「わたしはデザインに興味があるんです。変わった書体だから」

バイトさんが作ってくれたものだと、店長さんは誇らしげに説明した。

コンビニを出たわたしは、十五分ほど歩いて小学校に到着した。

放課後の校庭を遊び場として開放しているらしく、中央にはサッカーをしている高学年の男子がいた。児童公園と同じような遊具を揃えた一角には、黄色い帽子をかぶった一年生たちが遊んでいる。校庭の周辺を竹馬で闊歩する子もいた。

六年前は当たり前だったのに、二度と戻ってこない、放課後の風景だ。

少し寂しくなりながら、わたしは主事室を訪れた。すぐに副校長先生が職員室から出てきてくれた。笑いじわの目立つ白髪の男性だ。作業着姿なので、主事さんに見える。

「明日から家庭訪問が始まるので、午後から児童はもちろん、先生たちもみんないなくなってしまいます。今日じゃなかったら対応できませんでしたよ」

わたしは校舎の裏手に誘導された。そこには、腰の高さくらいのゴミの分類箱がいくつも並んでいる。

「鵬藤高校さんでは、今度、屋上で金環日食を観測されるそうですね。御校にきょうだいのいる児童から聞きましたよ」

古紙専用のゴミ箱には、二百ミリリットルの牛乳パックしか入っていなかった。大きさ的には小さすぎるし、そのどれもが、不自然に側面の一角を切り取られている。これでは日食グラスを作れそうにない。

「おや。いつもならもっと牛乳パックもあるんですが、今日は全然ないですなあ。いや、お役に立てなくて申し訳ない」

わたしも、頭を下げて帰ろうとした。

そのとき。

「何やってんの?」

子供の声がした。振り返ると、わたしの肩くらいの背で、半ズボンを穿《は》いた男の子が立っていた。

「おや、藤井《ふじい》くん。こちらのお姉さんが工作に使える資源ゴミがないか探しているんだよ。藤井くんは今日もゴミの仕分けを手伝ってくれるのかな」

「べっつにー」

藤井くんと呼ばれた男の子は、そっぽを向いて、手にしていた紙類をゴミ箱に放り投げた。勢いが余って、細かいゴミが紙吹雪のように舞う。

「何作るの？」

「もうすぐ金環日食があるから、太陽を見ることができるメガネを作るの」

「ふうん」と、藤井くんは興味がなさそうだ。

「それ、どうしたの」

今度はわたしの右肩に下げているエコバッグを指さされた。

「さっき、学校の近くのコンビニでもらったの」

男の子の目つきが鋭くなった。すかさず、副校長先生が訊ねる。

「藤井くん、寝不足かい？　目の下にクマができてるよ」

「知らない。ちゃんと寝てるもん！」

彼は唇を尖らせ、踵《きびす》を返して走り去ってしまった。

「すみませんね。リサイクル活動に熱心ないい子なんですけど、四年生にもなると、ちょっとしたことですぐ機嫌が悪くなったりするものなんですよ。さては、昨日の漢字検定がうまくいかなかったのかなあ」

副校長先生と一緒に、落ちた紙くずを拾い集めた。藤井くんの捨てた紙ゴミにも牛乳パックはたくさん混ざっていたけれど、日食グラスにちょうどよさそうな大きさのものはなかった。

5

今日から金曜日まで、学校は特別時間割となり、授業がいつもよりも早く終わる。ほとんどの先生が修学旅行の引率に行ってしまったからだ。

帰りのホームルームが終わると、わたしはすぐにコンビニに行った。

長い髪を後ろで縛った仏頂面のお兄さんがレジにいる。わたしに気づくと、レジから出てきて、たくさんの牛乳パックが入ったビニール袋を手渡してくれた。ピカピカの名札には、店長さんと同じく、すごく珍しい書体で名字が印字されていた。

たぶん、この人が〈やる気のないあんちゃん〉なのだろう。


「美月先輩！　日食グラスが戻ってきたんですよ！」


理科準備室に行くと、開口一番に戸田くんが声を張り上げた。

ついさっき、戸田くんは、裏門の前に歯科大学病院の紙袋が置いてあるのを見つけたそうだ。側面に自分の書いた大きな注意書きがあるから、遠目でもすぐに分かったという。

机上には、日食グラスが山積みになっていた。エメラルドグリーンを基調にした物と白地の物が半々くらいの割合で混ざっている。昇降口に置いた二百個の日食グラスはエメラルドグリーンの物ばかりだったから、白地は戸田くんが作った物だろう。

　ふたつの場所に置いてあった日食グラスが、同時に戻ってきたのだ。

「戸田はいくつ作ったんだ？」

「五十二個です。牛乳パック十三本分って縁起の悪い数だから覚えています」

「トランプと同じ数だな」

「惜しい。ジョーカーがありません。あともう一個作ればよかった」

「冗談言ってる場合じゃないでしょ！　ちゃんと数えてみなさいよ」

　男子たちの軽口を村山が咎めた。

「いい？　昇降口に置いたのは二百個。戸田くんが作ったのは五十二個。全部で二百五十二個。

ここにあるのは二百四十九個」

「つまり、日食グラスを持って行った人は、たった三人だけということか」

　高橋は落胆の声をあげた。

「みんな、どうして焦らないのよ。三人よ、三人。あたしたちがやろうとしているのは、新歓イベントなのよ。このままじゃ廃部になっちゃうよ。もう、これ全部配っちゃおうよ」

　泣きそうな顔で村山がせっつく。

「無理やり押し付けるのは好きじゃないんだ」

　高橋は小声で言った。

　彼の気持ちはよく分かる。部を存続させるための人員が欲しいのではない。わたしたちは、一緒に空を見る仲間を探しているのだ。

「俺たちと一緒に屋上で日食を見なくてもいいんだ。日食を見たいけど見る手段がない人の力になりたいんだ」

高橋が言った。

「まあ、紙箱も修理しましたから、また昇降口に置きましょうよ」

戸田くんは紙箱に日食グラスを移し始める。それを手伝っていたら、おかしなことに気づいた。

成分表示の書かれた側面で作った日食グラスだけがないのだ。

村山が大学病院でもらってきた牛乳パックは、成分表示の面もエメラルドグリーンを背景色に使っていて、文字はかなり特殊な書体で書かれていた。

だけど、そういったデザインの物は、戻ってきた日食グラスの中にはない。

「俺たちが作った物じゃないな」

高橋が日食グラスのひとつをかざして言った。みんなで見比べる。セロファンに年号の入った透かし文字がない。

「これ、太陽を見てはいけない素材だ」

高橋に促され、わたしたちは日食グラスをチェックした。その結果、総個数の四分の一にあたる六十二個が、別の物にすり替えられていることが分かった。

すり替えられた日食グラスで太陽を見たら、網膜が傷ついてしまう。

観測前に気づかなかったら、わたしたちのイベントは傷害事件に発展していたかもしれない。

寒気がした。

「菅野がコンビニに行ったとき、裏門のあたりに怪しい人はいなかった?」

村山が詰め寄ってくる。わたしは否定した。勧誘の生徒すら、まだ昇降口にはいなかったからだ。校舎の外には、年配の男性や小学生の集団しか歩いていなかった。

「なんでわざわざ新しい物を作ってまで、日食グラスをすり替えたのか」

「僕は答を知ってます」

高橋のひとりごとに、戸田くんがまくし立てる。

「ただ日食グラスを盗むだけだったら、新歓イベントは中止にはならないでしょう。だけど、そのイベントで傷害事件が起きたらどうなりますか。天文部は今後の活動そのものが停止になり、廃部に追い込まれます」

「だから、その考えは短絡的すぎるって昨日も高橋に言われたでしょう」

わたしが否定しても、戸田くんは聞き入れない。

「いいですか。ひとりで短期間に六十個以上の日食グラスを作るのは大変なんですよ。だけど複数の人間で一斉に作れば、そんなに手間はかからない。じゃあ犯人は誰なのか」

わたしたち二年生はあっけにとられた。

「三年生は今日から不在ですから除外します。さらに、一、二年生の中で、僕の教室に製作中の日食グラスがあることを知っていた人に絞ります。土曜日、僕は結構遅くまで学校に残っていたのですが、下校する際には運動部系部活動の人しかいませんでした。でも、天文部が潰れても運動部には予算が回ってこないから、運動部は関係ないでしょう。続いて、日曜日。午前中は漢字検定でしたが、午後からは活動を行う部活動がいくつかありました。たいていの文化系は部室や特別教室で活動を行いますが、一般教室を使用し、かつ荷物が多くて日食グラスの入った紙袋を持ち歩いてもさほど不審がられない文化系部活動が、たったひとつだけあります」

「吹奏楽部」

「さすが高橋先輩、ご明察です！　そうです。日食グラスをすり替えたのは、吹奏楽部員たちです。彼らは人数もたくさんいるから、個人の手間はそんなにかかりません。高い楽器がたくさん必要ですから、少しでも予算は欲しいはずです。ほら動機もちゃんとある。さあ、告発しに行きましょう！」

しばらく誰も何も言えなかった。高橋は右手のひらを顔の半面にあて、下を向いている。その肩が、小刻みに震えだした。笑いをこらえているのだ。

「むちゃくちゃだよ。外部の人間の仕業を考えてないし、そもそも天文部を罠にはめるために日食グラスをすり替えたわけじゃないかもしれないいんだから」

「証拠だってあるんですよ。ほら、この日食グラスを見てください」

戸田くんは手にしていた日食グラスを高く掲げた。

「これなんて、セロファンじゃなくてプラスチックをはめ込んでいます。指紋がバッチリ残ってますよ。警察に持ってって調べてもらったら、一発で犯人を突き止められますよ」

紙にだって指紋は残っている。それに、警察がそんなに簡単に指紋を調べてくれるわけがない。

「そのおかしな推理だと、戸田が吹奏楽部に恨みがあるみたいに思えるぞ」

「ほかにも証拠はあるんですよ。ここを見てくださいよ。うっすらと字が書いてあるでしょう」

みんなで覗き込む。目の部分はだいぶ厚くて固い。セロファンの代わりに下敷きを使っているようだ。

「太陽観察ができる下敷きも販売されているけど、これは一般材質だな」

高橋が言った。

「ねえ、漢字の〈藤〉の字が写ってない？」

村山がみんなに訊く。わたしはキャビネットからルーペを取り出し、字のあたりに焦点をあてた。確かに〈藤〉と読める。

「ほら、やっぱりうちの学校の人の仕業ですよ。〈藤〉の字は〈鵬藤高校〉の〈藤〉なんですよ。さあ、音楽室に乗り込みましょう！」

「ちょっと待って」

戸田くんの言うように、この日食グラスを作るのには、大勢の人が集まれば時間はかからない。けれど、材料を集めるのが難しい。村山が消毒済みの牛乳パックをもらってこなければ、わたしたちだって短期間でたくさん作れなかった。

日食グラスをすり替えた人物は、もともと空の牛乳パックをたくさん持っていたのだろう。ならば、コンビニの資源ゴミ回収箱から牛乳パックがなくなったのも、きっとその人の仕業だ。ひとりの人物が思い浮かぶ。その人も、空の牛乳パックをたくさん持っていて、週末に校内に出入りしていた。それに、この人なら、目の部分に代用した下敷きの持ち主でもおかしくない。

ただし、目的が分からない。

なぜ、日食グラスをすり替えたのか。


「吹奏楽部員の仕業なら、なんでわざわざ成分表示の入った側面だけを選んで、別のものにすり替えたんだよ」

「高橋、今、なんて言ったの？」

「成分表示の入った側面だけ、すり替えられているのはおかしいでしょう。ほら、ここの部分」

高橋はパソコンを点けた。牛乳パックのデザインが紹介されている、あるサイトにつなぐ。

それを見て、あの人が日食グラスを持ち出した目的が分かってしまった。欲しかったのは、日食グラスではないのだ。

でも、なぜすり替えたのかが、分からない。

「吹奏楽部の人じゃないよ」

「じゃあ、誰がこんなことをしたのよ」

「というか、美月先輩、犯人が分かったんですか？」

わたしは高橋の目を見た。

「確かめに行っておいで。真相が分かってから、話を聞くよ」

彼は片目をつぶった。

「ありがとう、高橋。妨害していたのは、わたしたち天文部のほうかもしれないの」

それだけ言うと、わたしはすり替えられた日食グラスをすべてエコバッグに詰めて、理科準備室を出た。

6

三十分後、わたしは小学校に到着した。窓口で事情を説明し、昨日と同じように副校長先生の誘導で、今度は応接室に案内された。十分ほどひとりで待っていたら、副校長先生と藤井くんが入ってきた。

「お母さんももうじきいらっしゃいますが、先に話を進めましょうか」

藤井くんはそっぽを向いたままだ。

「あなたが作った日食グラスで太陽を見たら、目を怪我しちゃうんだよ」

できるかぎりやさしい声で、わたしは言った。

「ぼく、そんなつもりじゃなかった！」

日食グラスをすり替えたのは、やはり藤井くんだった。

下敷きに写っていた〈藤〉の字、昨日彼が捨てていた大量の牛乳パックの欠片、日曜日に漢字検定を受けていたこと、裏門に紙袋が置かれていたときに付近を歩いていたのは年配の男性と小学生だったこと、推理の根拠はたったこれだけしかない。

だから、本人に事情を聞きたかった。

「君はどうして、牛乳パックの成分表示を集めているの?」

理科準備室のパソコンに映っていたサイトを見て、彼は牛乳パックの成分表示を集めていたのではないかと、わたしは推測した。

「ぼくが集めているのは、グリーンエコマークだよ!」

藤井くんは応接室の壁を指した。そこには、グリーンエコマークのポスターが貼ってあり、トイレットペーパー、お菓子、牛乳パックなど、パッケージにグリーンエコマークのついた商品の写真が載っていた。

一昨日の日曜日、漢字検定を受けにきた藤井くんは、靴箱の上に牛乳パックの山が置いてあるのを見つけた。

こんなにたくさんグリーンエコマークがある!

喜んで日食グラスを手に取ろうとしてもなかなか手が届かず、靴箱に足をかけたら、紙箱が頭上に降ってきた。さらに、他の受験者が落ちた紙箱を踏んづけていく。箱がつぶれてしまったので、彼は普段持ち歩いているグリーンエコマークの入った大きなエコバッグを取り出し、その中にこぼれた日食グラスを詰めた。

この中からグリーンエコマークの入ったものをすべて譲ってくれないかと相談しようと、藤井くんは係の人を探した。だけど、試験開始時間が迫っていたせいか、あたりには誰もいない。仕方なく、彼も試験会場の教室に向かった。席に着く前に、彼はロッカーの上に〈日食グラス作成中〉と書かれた紙袋を見つけた。

漢字検定が終わったあと、トイレに入っていたら試験監督の人はいなくなってしまった。紙袋とエコバッグを持って、藤井くんは大人を探した。

まもなく彼は、テレビのお天気アナウンサーのようにすごく綺麗なお姉さんと廊下ですれ違った。

「あら。私たちが作った日食グラスをもらってくれるのね。好きなだけ持っていっていいわよ」

お姉さんは紙袋を見て言った。

でも、独り占めは良くない。

そこで藤井くんは、グリーンエコマークのついた日食グラスと同数の日食グラスを自分で作って返すことにした。牛乳パックならグリーンエコマークのために集めているからたくさん持っている。だけど、思ったよりも作るのに時間がかかり、その日は夜更かししてしまった。まだまだ返さなければならない数には達成しない。

次の日の放課後、いらなくなった牛乳パックを小学校の資源ゴミ箱に捨てに行ったら、副校長先生と鵬藤高校の制服を着たお姉さんを見かけた。日食グラスを全部持って帰ってしまったから、叱りに来たのだと思い、急いでその場を去った。帰宅後、作業を再開して、ようやく六十三個の日食グラスを作り終えた。完成した日食グラスを歯科大学病院の紙袋に入れて、鵬藤高校を訪れる。裏門から入ろうとしたら、昨日小学校にいたお姉さんを見かけた。左手がだら一んと下がっているから、間違いない。敷地内に入ったら怒られそうだったので、裏門の前に置き、藤井くんはその場から走り去った。

　彼の長い話が終わった。

　日食グラスをすり替えたのは、嫌がらせでもなんでもない。ただ、勝手にもらってきたものを返そうと思っただけなのだった。

「グリーンエコマークが欲しいのなら、ちゃんと言わないと駄目だよ。とんでもないことになるかもしれなかったんだからね」

　きつく叱ると、藤井くんは「ごめんなさい」と素直に頭を下げた。

　ちょうどそのとき、応接室の引き戸がノックされ、中年の女性が入ってきた。

「息子がご迷惑をかけて申し訳ありませんでした」

　藤井くんのお母さんだ。

「えっ」

「あら」

　お母さんは、つい最近会ったことのある人だった。

　鵬藤高校前にあるコンビニの店長さんだ。そういえば、名札に珍しい書体で〈ふじい〉と書かれていたのを、わたしは思い出した。コンビニの資源ゴミ箱に牛乳パックがなかったのも、店長の息子である藤井くんが集めていたからなのだろう。

「お母さん、ぼくがグリーンエコマークを集めているのを知ってるのに、この人に牛乳パックをたくさん用意してたでしょ。バイトのお兄ちゃんから聞いたよ。ひどいよ」

「コソコソ何をしているのかと思ったら。言ってくれればお母さんも協力したのに」

「だってー」

彼を妨害していたのは、わたしたち天文部のほうだったのだ。

「知らなかったとはいえ、邪魔をしちゃってごめんなさい」

わたしも謝った。

「どうして藤井くんはこっそりグリーンエコマークを集めていたんだね？」

副校長先生が訊ねると、藤井くんは誇らしげに言った。

「グリーンエコマークを集めるとポイントがたまって、一等賞の人にはご褒美《ほうび》として最新の天体望遠鏡がもらえるんだ。ぼく、どうしても天体望遠鏡が欲しくて、ライバルが増えないように内緒で集めてたの」

わたしも、副校長先生も、お母さんのコンビニ店長さんも、声を出して笑ってしまった。きょとんとしている彼に向かって、わたしは言った。

「わたしたちと一緒に屋上で金環日食を見ようよ。最新望遠鏡を持ってるお兄さんもいるよ」


だけど、気がかりなことが残った。

すり替えられた日食グラスは六十三個。なのに、わたしたちが確認した数は六十二個。ひとつ、足りない。

つまり、誰かが太陽の光を見てはいけない素材の日食グラスを持っていることになる。

その人が、太陽の光を見てしまったら。

下手をすれば失明してしまうかもしれない。

「ぼくが高校の裏門に置いたとき、誰も日食グラスを持っていかなかったよ。紙袋に触った人もいなかった」

藤井くんは、戸田くんが紙袋を見つけるまで、物陰から様子をうかがっていたそうだ。

「一個どこかにいっちゃった日食グラスは、特徴がはっきりしてるからすぐに分かるよ」

なんでも、お花を包んでいたセロファンを油性マジックで塗って貼り付けたそうだ。セロファンにはレースの模様が入っていて、日にかざすと古代文字みたいに浮かび上がってくるらしい。

相当かわいいデザインのようだ。

「日食グラスは、ぼくんちのお店の裏口に隠していたの。だから、そのあたりに落としちゃったのかもしれない」

結局、特殊な日食グラスは見つからないままだった。

7

五月二十一日、火曜日。今日は金環日食の当日だ。わたしたちは朝六時半に学校に集合した。

「ちょっと、何この人だかり！　まだ屋上の開放時間になってないじゃない。ねえ、あんたも部長だったらうろうろしてるだけじゃなくて、受付手伝ってよ！」

佐川先輩が中村先輩を小突く。

すり替え事件が起きたあと、日食グラスは飛ぶようになくなった。藤井くんから牛乳パックを分けてもらって、大急ぎでみんなで作り、なんとか全校生徒分の用意ができた。

「私たちがいない間に、あなたたちも成長したのね」

霧原先輩はすでに日食グラスをかけている。そのコケティッシュさが、かえってお天気アナウンサーみたいだ。

「わたしだけ、ほとんどお役に立ててないんです」

「何言ってるの。美月ちゃんが近所の小学校に行って、希望者に日食グラスを作るのを手伝ってもらったから、千個も作れたのでしょう。私には、子供の相手なんて、とても無理。漢字検定の日にも小学生に声をかけられたんだけど、受け流して逃げちゃったわ」

藤井くんの言っていた綺麗なお姉さんとは、やっぱり霧原先輩だったのだ。

自分で作ることはできないけれど、作り方を教えることはできる。左手がないからってみんなと同じ作業ができないことを気に病み、高橋に八つ当たりしてしまったけれど、卑屈になるのはもうやめた。

「変に隠さないで、みんなと同じようにできないって、はっきり言っちゃったほうがいいよ。みんなの迷惑じゃない。足手まといにもならない。美月ちゃんにしかできないことだってあるんだし、それに俺は美月ちゃんの左手だから」

真相が分かったあと、高橋は言った。

「トイレとお風呂にはついてこないでね」

照れ隠しに、冗談で返した。

「そこがいちばん大事なのに！」

高橋は今、小学校の屋上に行っている。小学校でも希望者に屋上を開放することにしたのだ。

向こうには、高橋をはじめ、榊原先輩と村山と戸田くんも応援に行っている。

みんな、当初の目的の新入部員勧誘のことを忘れている。

部員を探しているわけじゃない。


一緒に空を見る人を、わたしたちは探しているのだ。


イベントが終わっても入部希望者を確保できなかったら、天文部は廃部になる。

それでもかまわないと、わたしたちは覚悟を決めた。

携帯電話が鳴った。高橋からだ。

『すり替えられた日食グラスを持っていった人が分かったよ。あの、一個だけ不明だったやつ』

「それを使って太陽を見ちゃ駄目だって伝えてくれた？」

『もちろん』

「よかった」

『コンビニの店員さんがお店の裏で見つけてひとつもらったんだって。今、その人も屋上に来ている』

あの〈やる気のないあんちゃん〉だ。

『なんでも、象形文字に見えるセロファンが気に入ったらしいよ』

そういえば、コンビニの店員さんたちの名札は、バイトの人の手作りだった。

『それから、そっちでも不要になった日食グラスは回収してね』

「記念に持って帰ってもらわないの？」

『十一月に、南の島のサモアでも金環日食が起きるんだよ。それで、俺たちが使った日食グラスをサモアの子供たちに寄付したいんだ。千個じゃ足りないかもしれないけど』

高橋は、それで日食グラスを大量に作りたがっていたのだ。

「最初から、贈り物として作ろうって言えばよかったのに」

『それだと、なんか恩着せがましいんだよね。実際に使ってみて、よかったから、こっちの空でも使ってほしい。そうやって渡していきたいんだ』

「それにさ」高橋は付け加えた。

『遠く離れた見知らぬ誰かとも、同じ空を見てつながってるって気がするしね』

中村先輩に呼ばれたので、わたしたちは電話を切った。

「私が集めていたトイレットペーパーの芯がなくなってしまったのですが、菅野さん、心当たりありますか?」

「えっと、あの、それは……。必要な人がいたから、あげてしまったのです」

「そうだったんですか!」

顔が青ざめている。

「まさか、中村先輩。牛乳が嫌いなのに、牛乳パックをたくさん集めていたのって……」

「グリーンエコマークを集めていたんですよ! トイレットペーパーの芯も学校中のトイレから回収してきたのに……。ああ、私のグリーンエコマーク……」

「すっごく天体望遠鏡を欲しがっている人がいたので、その人に譲りました」

中村先輩の集めていたトイレットペーパーの芯にもグリーンエコマークが入っていたので、藤井くんに引き取ってもらったのだ。

「私以外にもそんなに熱心な方がいらっしゃったのですね。よし、天文部員にスカウトしましょう。どちらにいらっしゃいますか」

わたしは、右手をまっすぐと南の空に伸ばした。

未来のわたしたちの仲間は、金環日食を見てから紹介する予定だ。

「お客さん入れちゃうね。行くよ!」

佐川先輩の合図で、屋上へのドアが開放された。

あと三十分で、今世紀最大の天文イベントが始まる。

星に出会う町で

1

期末テストの終わった七月はじめの金曜日、クラスメイトたちの誘いを断って、わたしは同級生の村山友紀を国道沿いのファミレスに呼び出した。

「この暑いのに、よくそんな熱いものを食べられるよ」

息を吹きかけ、グラタンを冷ますわたしに村山は言った。

「だって、これがいちばん食べやすいんだもん」

「チーズ系はカロリー高いんだから、油断してるとすぐに太っちゃうよ」

そう言う彼女は日替わりランチを平らげ、食後に特盛りパフェも頼んでいた。痩せ型で体重を増やしたがっているけれど、今日はやけ食いみたいな感じだ。期末テストが原因でないのは分かっている。

「SNSのせいで荒れてるの?」

文章を書くのが得意な村山は、部活のSNS更新を担当している。日常生活も踏まえながら毎日更新を行っていて、コメントの返答も丁寧だ。

だけど最近、様子がおかしい。

活動予定は削除し、コメントどころかメッセージの返信もしていない。

「そんなことないけど」

目線が上向きになり、頭のてっぺんに作った大きなお団子を細長い指でほぐしだす。彼女が動揺したときの癖だ。

「何か困ったことがあるのなら言ってよ」

村山は黙ってアイスティーの氷をストローでつつく。

そのとき、携帯電話が震えた。メールだ。村山もカバンからスマートフォンを取り出す。

「中村先輩からだ」

わたしたちは同時に言った。

メールの内容は、できるだけ早く倉庫として使っている理科準備室に来てほしいとのことだった。本来の集合時間は十六時だけど、二年生と三年生だけで打ち合わせを行うらしい。

試験期間でここのところ活動がなかったから、久しぶりに中村先輩に会えるというのに、村山の表情はなぜか浮かない。パフェが来るのが遅れ、わたしたちは三十分以上経ってからファミレスを出た。

理科準備室には、四人の三年生の先輩たちと高橋誠がいた。

金環日食観測以降、九人の新入部員が入ったので、このメンバーで集まるのは久しぶりだ。

中央にある大きな机には、お菓子の包みが広げてあった。ジュースのペットボトルの中身もだいぶ減っているので、ほかの人たちはかなり前から理科準備室にいたみたいだ。

「明日から、一泊二日でボランティアに行きましょう」

爽やかな笑みを浮かべ、中村先輩は話を切り出した。いつだって前触れなく用件を告げるけれど、今回はさらに唐突過ぎる。

「なんであんたはいつもいつも結論から言うのよ」

佐川ひとみ先輩が大げさにため息をつく。

「さっきお伝えしたばかりなので、省略しました」

相手が同級生や後輩であっても、中村先輩は丁寧語を使う。長身で整った容貌にソフトな物腰は、異国の王子様のようだ。扇風機が回っているとはいえ、室内はエアコンがないのに、中村先輩は涼しげな表情で詳細を語った。

昨夜、天文部ＯＢの如月《きさらぎ》さんという先輩が所属する国立大学の天文サークルの飲み会で、食中毒が起きた。ひどい人は入院もしているらしい。

如月さんの通う国立大学のキャンパスは、わたしたちの通う鵬藤高校から二時間ほど離れた海沿いの星里町というところにある。天文サークルのメンバーは、明日の七月六日からそこで行われる一泊二日のエコツーリズムのボランティアに参加する予定だった。

エコツーリズムとは、自然環境や歴史文化など、地域固有の魅力を観光客に伝えることにより、その価値や大切さを理解してもらい、保全につなげることを目指す仕組みのことだ。

行程の中には望遠鏡作りと天体観測が組み込まれているので、天文の知識のある人がガイド役を務めているという。

「要は、私たち鵬藤高校の天文部に、代理でボランティアに行ってほしいと頼まれたのです」

部の活動の一環ということで、すでに顧問の先生には許可を取っているらしい。学校では届け出のないアルバイトは禁止されているけれど、ボランティアという名目なので反対されなかったそうだ。

隅にあるパソコンは、「星に出会う町」というキャッチコピーをつけた町おこしのサイトに接続しており、画面には天文館という名前の宿泊施設の全体写真が表示されていた。施設にはホールや会議室などもあり、企業の研修や学校の合宿所としても使用されている。ログハウス調の別館には、プラネタリウムと天文台があるそうだ。

「最寄り駅からは天文館の職員さんが送迎してくれます。夕食と朝食がついていますので、食事の心配はありません。宿泊場所も用意されています」

さらに交通費とは別に、一人五千円の報酬もいただけるそうだ。昨年夏合宿のできなかったわたしたちには、すごく魅力的な依頼だった。

ツアーは二年前から開催されている夏だけのプランで、今季の第一回となるという。

「わたしたち全員で行くんですか?」

尋ねると、三年生の佐川ひとみ先輩が両手を振った。

「ごめんね、あたしはパス。前もって合宿と分かってるのならいいけど、いきなり明日泊まりに行くなんて無理無理。お父ちゃんが絶対許さないわ。お店の手伝いもあるしね」

佐川先輩の家は老舗の和菓子屋さんなのだ。

「心配してもらえるなんてうらやましいわよ。私はどうせひとり暮らしだから、まったく問題ないわ」

気象予報士を目指している霧原真由美先輩が言った。三年生になると同時にお父さんが海外赴任となってしまい、父子家庭の霧原先輩は、現在高層マンションにひとりで住んでいる。

「俺は行くぜ。メシ代が浮くし、夫婦で夜遊びに出られるって親にも喜ばれちまった」

柔道部員と間違えられるほど体格のいい榊原先輩が言った。生徒会役員と天文部員を掛け持ちしていて普段は大忙しだけれど、今週末はたまたま空いていたらしい。

わたしは返答に迷った。お手伝いよりもむしろ足手まといになるかもしれないからだ。隣の村山を見る。いつもなら中村先輩と一緒ならどこにでも喜んでついていくのに、彼女もためらっていた。

「俺たちも大丈夫です。さっき家に電話したら、たまたまおばさんが遊びに来ていて『友紀も連れてってあげて』と言ってたよ」

「美月ちゃんも行こうよ。今年は合宿もあるし、来年は修学旅行だってあるんだから、今のうちに外泊にも慣れておかないと」

高橋に促され、わたしは廊下に出て自宅に電話をかけた。反対どころか、母はすごく嬉しそうに二つ返事で承諾した。

戻って報告すると、中村先輩は嬉しそうに自分のロッカーから望遠鏡作成キットを出してきた。

「お前のロッカー、四次元ポケットかよ」

榊原先輩が呆然とする横で、中村先輩は中身を取り出していった。望遠鏡作成キットなんて初めて見る。子供の頃作ったことがあるという高橋を除き、ほかの人たちも物珍しげに部品を手に取った。

キットを組み立てるだけなので、作業は単純そうだ。ラップの芯みたいな細長い紙の筒に、望遠レンズをつけた一回り細い筒を差し込む。あとは三脚などに固定するために、かまぼこ板のような土台を貼り付けるだけだ。

注意が必要なのは望遠レンズの取り扱いで、指紋をつけてはいけないし、レンズは平らなものと片方が膨らんでいるものと二枚あるので、順番を間違えないようチェックを行う。

簡単に組み立てられるけれど、レンズの調整に手間がかかる。筒の差し込みがちょっとずれるだけで、すぐに焦点がブレた。窓を開けてグラウンドの奥にあるライトに焦点を当て、ピントを合わせてみる。

片手でレンズを調節することは困難なので、わたしは退屈している子が出てきたときのおしゃべり要員となった。

「美月ちゃんならきれいなお姉さんっていうよりも、クラスのかわいい女の子って感じだから、子供たちも懐くだろうよ」

「わたし、そんなに子供っぽくありません。背だって平均よりも高いんですよ」

右手だけだって、榊原先輩より上品に食事もできる。

「そうだ。せっかくだから、ツアーに来た子供たちに配りませんか」

高橋はキャビネットの上にある小さな段ボール箱を下ろした。中には、南半球の星座早見盤が入っている。南の島のサモアに手作りの日食グラスをプレゼントしたときにＮＰＯ団体からお礼としてもらったものだ。寄付した日食グラスと同じ数があり、協力してくれた近所の小学校に配ってもまだ余っていた。学校などで使用する星座早見盤は北半球のものだから、施設に寄付すれば珍しいと喜んでくれるだろう。

段ボールを下ろした弾みで、その横に置いてあったクリアファイルが、キャビネットの前にいるわたしの足元に落ちた。拾い上げると、

「それは菅野さんに差し上げます。夜は海岸で星座の説明をしますから。肉眼で見える星座の説明は皆さん問題ないでしょう」

中村先輩が言った。七夕に関する資料とツアーの行程表が入っているそうだ。

「菅野さん」

「はい」

「しっかり語れるようにしてくださいね」

「は、はい」

しどろもどろになって返事をした。わたしは暗記が苦手で、いまだに星座を全部覚えきれていないからだ。

2

翌日、わたしたちは朝七時に学校の最寄り駅で集合し、海沿いの星里町に向かった。乗った電車は二両編成で、在来線でもボックスシートがある。男女三人ずつに分かれて座り、昼食は車内で済ませた。

食後、霧原先輩は「体力をためておきたい」と言ってイヤフォンをつけて眠ってしまった。村山は外の風景をスマートフォンで撮っている。わたしは携帯電話を開いて天文部のSNSに接続した。

《明日から一泊二日でエコツアーのボランティアに行ってきます。場所は海沿い。午後から望遠鏡作りをお手伝いして、夜は砂浜で七夕のお話をする予定です。突然決まったので、詳細は後日まとめて行います。皆さん、どうぞ楽しみにしてくださいね》

「やっと前向きに更新したんだね」

「しっ！」

村山は人差し指を唇に当てた。目前の霧原先輩はもちろん、隣のボックスシートでは高橋と榊原先輩が居眠りをしている。中村先輩は窓の桟に片肘をつき、遠くを見ていた。

「ちょっと来て」

わたしたちは隣の車両に移った。

「あたし今、いろんな天文サークルと交流を持ってるの。それで、他校の子から教えてもらったんだけど」

そう言うと、村山はスマートフォンに、ある高校の天文部のＳＮＳ画面を表示させた。わたしたちと同じ県でも、かなり遠いところにある学校だ。直接交流したことはない。

「このコメントを見て」

《先日の天体観測会には私も参加していました。皆さんに声もかけなくてごめんなさい。伊東部長の説明が素晴らしくて感動しました》

投稿者のＩＤは〈ロキ〉。鵬藤高校の天文部にも頻繁に書き込んでくれている人だ。

昨年、学園祭でプラネタリウムを制作したときは《手作り感があふれていていいですね。今度詳しい作り方を教えてください》とコメントをくれたし、《一度でいいから活動を見学してみたいです》と応援してくれている。

「この人、ストーカーなんだ」

コメントを見るかぎり、特におかしなところはない。

「ここの学校、生徒の本名は出してないの。イベントのときも、自己紹介はしなかったんだって。それなのにこの人、部長の名前を知っているの。〈イトウ〉って普通なら、トウの字は藤だよね。でも、ちゃんと東を使って〈伊東〉って書いているし」

「まだあるの」と言って、村山は東京にある大学の天文サークルのＳＮＳを開いた。

《香山さんの八十八星座占い、よく当たっているのでびっくりしました。来年の大学祭でもぜひ行ってください。またおうかがいします》

「香山さんって、占い師の扮装をしていた人なのね。あたしもこの大学祭に行ったんだけど、《アフロディーテ》と名乗っていて、本名までは分からなかった」

その天文サークルの公式サイトを見ても、部員の名前は載っていない。

「それで、うちの学校の記事」

村山は一ヶ月ほど前の記事を開いた。


《小学校で日食グラスを作って、子供たちと一緒に金環日食観測をするなんて素晴らしいですね。アイデアを出したのはやっぱり高橋くんでしょうか》

「どうして高橋の名前を知っているの？」

金環日食観測イベントは、市役所の広報にも掲載された。そのときインタビューを受けたのは、中村先輩だ。高橋は名前を出していない。

「でしょう。さすがに怖くなって、それで更新を控えていたんだ」

途端に〈ロキ〉という名前も気味が悪くなってくる。北欧神話の悪神も〈ロキ〉という名前だからだ。

「おまけに、《部長の中村先輩って巷では〈天文プリンス〉と呼ばれているのですよ。一度でいいから直接お目にかかりたいです》というコメントもあったの」

「それは見たことないよ」

「すぐにあたしが削除した。中村先輩に付きまとってくるかもしれないし」

「みんなに相談しようよ」

「それはやめて。特に中村先輩には知られたくない」

「どうして?」

「大事な日だから」

確かに、合宿気分の空気を壊したくない。

「そうだね。確かに、黙っていたほうがいいかも」

わたしはあえて明るく言った。

「食中毒にあった大学の人には失礼だけど、せっかくいつものみんなで一緒にいられるんだもん。楽しみながら盛り上げていこうよ」

「まさか、菅野にそんなことを言われるとはね」

村山に笑顔が戻ってきたところで、次は目的の駅だとアナウンスが入った。


「うちのほうも何もないけど、駅前にコンビニすらないなんて!」

改札を抜けたら、霧原先輩が大きくため息をついた。付近ははるか遠くにかろうじて建物が確認できるくらいで、あとは田んぼが広がるばかりだ。目の前には車が何台も止まっていて、駅というより大型駐車場と呼ぶほうが似合っている。タクシーは呼び出さないと来ないし、路線バスは一日に三本しか運行していなくて、同じ県内だとはとても思えない。

「すみませんね。こんな田舎までいらしてもらって。海岸のほうなら、大学も観光場所もあるから、もうちょっと賑わっていますよ」

約束の十三時半ちょうどに迎えに来てくれたマイクロバスの運転手さんが、頭を下げてきた。わたしのおじいちゃんくらいの年齢で、すごく気が良さそうなので恐縮してしまう。

「お世話になります。よろしくお願いします」

中村先輩にならい、わたしたちも頭を下げた。

運転手さんからひとりずつ行程表をもらってバスに乗り込むと、あとから二人連れが合流してきた。高校生くらいの女の子と小学校低学年くらいの男の子だ。

女の子はショートカットでメンズサイズみたいな半袖シャツを羽織り、ゆったりした洗いざらしのストレートジーンズを穿いている。大きめの服を着ているのではなくて、もともと身体の線がすごく細いのだろう。意思の強そうな目をしていて、物腰が落ち着いている。

男の子はウルトラマンの顔型の帽子をかぶっていた。わたしが子供の頃から売っているものだ。当時は特撮ものが大好きで、買ってほしいとダダをこねたことがある。おとなしそうな感じの子で、席に座るときも女の子の腕をつかんでいる。年の離れたきょうだいだろうか。途中参加も可能だと、七夕の資料に混ざっていた行程表には書いてあった。

「子供だけでも参加できるのかな」

すぐ横の窓際に座る高橋に聞く。

「地元の子が日帰りで参加するならアリなんじゃないかな。こういうエコツアーって、旅行会社が企画するツアーと違って、結構ルーズなところもあるってネットの口コミには書いてあったよ」

彼は小声で答えた。

バスを発車させながら、運転手さんがワイヤレスマイクを使ってお客さんたちの行程を説明してくれた。

初日の土曜日は朝十時に駅に集合し、現地で昼食をはさんでオリエンテーリングとアスレチックを行う。十五時に宿泊施設に入って入浴後、十六時半から望遠鏡作り。夕食が終わったら歩いて五分ほどのところにある砂浜で天体観測。二十一時には戻って就寝。

翌日は朝食前に希望者のみ森林散策、十時に陶芸工房に行ってピザ焼き体験。手作りピザを食べたあと、サイクリングをしながら現地の集落をめぐり、駅に戻って解散というかなりハードなスケジュールだ。長い移動にはマイクロバスを使うらしい。

雨の日だと、オリエンテーリングは茅葺《かやぶ》き屋根の集落めぐりとちまき作りに、天体観測はプラネタリウム鑑賞に、サイクリングは陶芸制作にと変更するそうだ。

ツアー代金は大人も子供も赤ちゃんも区別はなく、すべて一律になっている。そのぶん、大人には料金がすごく安くて大人気らしい。今年も予約でいっぱいになっていて、キャンセル待ちが後を絶たないと運転手さんは語った。

バスはかなりのスピードで一直線の道を走り、三十分ほどで国立大学のある通りに出た。予定していた天文サークルはここの大学の人たちだと聞いている。通りは建物が多くて、スーパーや銀行もあった。

さらに十分ほど走ると、民宿の看板が目立ってきた。信号でいったん停止し、左折したら、目の前に海が広がった。

「海！」

わたしと高橋は同時に叫んだ。

水平線がくっきり見え、空と同じ色の海がどこまでも広がっている。前の席の榊原先輩も「一年ぶりだぜ」と言って身を乗り出していた。「窓は開けないでくださいね」と運転手さんから注意を受ける。

「海を見るなんて久しぶりだなあ」

「わたしも！　小学校の臨海学校以来だよ」

「美月ちゃんと一緒に海を見られるなんて、来て良かったよ」

「デートじゃないの。お手伝いなの」

「分かってるよ」

わたしたちのやりとりを見て、同じ列に座る霧原先輩がくすくす笑っている。いつもこんな調子だから、高橋は軽いやつと言われるのだ。

しばらく走ると海岸沿いから離れ、左右に森林が広がってきた。このあたりは海水浴場もなくて、ずっと閑散としていたらしい。それで森林を開発して様々な施設を造り、エコツアーを開催したそうだ。各施設には従業員がいるけれど、お客さんの誘導は地元の人が行っていて、運転手さんも役場の元職員で退職したばかりだと言った。

バスは森林の中に入り、舗装されていない道に出たところで停車した。乗客はここから天文館まで歩いて行くそうだ。道の途中には立て看板があり、砂浜までの近道を示している。

森の中なのに潮の香りが入り交ざる不思議な空間で、狭い道のせいで空は小さく、うっすらと曇っていた。夜は寒くなりそうだ。

木陰の遠く向こうにはアスレチックの遊具があり、子供たちの姿がちらほら見える。こっちのほうは出入口で、もっと奥のほうにはバーベキューのできるキャンプ場もあると運転手さんは教えてくれた。

アスレチック施設を右折し、今来た道を少し戻るように細い道を抜けると、ちょっとした空地に出た。突き当たりに、横に長い洋風の建物が建っている。天文館だ。

「やっと着いたぜ」

榊原先輩が歓声をあげる。携帯電話を見たら、十四時半を過ぎていた。

「実は裏っかわに国道が走っていて、関係者はそっちに車を止めるんですよ。荷物の搬入も全部裏手で行っております」

運転手さんは説明すると、マイクロバスに戻っていった。

中村先輩の後に続き、わたしたちは隣接するログハウスに入った。こちらは別館だ。

受付のカウンターにあったベルを鳴らすと、三十代半ばくらいの、ポロシャツを着た角刈りの男性が出てきた。よく日焼けしていて、逆三角形の体型をしている。普段わたしたちが接しないような、体育会系の人だ。

「中村さん、このたびは急なことで大変でしたね」

男性はそう言うと、カウンター越しに鍵を数本とポスターみたいな白い紙を手渡した。ボランティアたちは別館のログハウスに泊まるようだ。

「圭司、あのお客さんたちはいいの?」

霧原先輩に言われて振り返ると、遅れてきたふたりはいなくなっていた。

「アスレチック施設のところで別れました。ツアーに合流するそうです」

中村先輩は答えると、脇にあるエレベーターのボタンを押す。

そのとき、村山がわたしの右腕を引っ張って、無言でスマートフォンを見せてきた。

《飛び入りだったけど、天文ツアーに参加できたよー!》

画面は〈ロキ〉の個人ブログだ。文面の下には水平線がくっきり映える真っ青な海の写真が貼り付けてあった。

3

　エレベーターを降りたら、廊下の左右にボランティア用の部屋が並んでいた。室内には入らず、突き当たりの会議室まで通り抜ける。左手には階段、右手には倉庫があり、わたしたちは倉庫の中に荷物をまとめて入れ、貴重品だけ取り出した。

「おいおい。長旅だったんだから休ませてくれよ」

　榊原先輩がぼやいても中村先輩は耳を貸さず、会議室の机と椅子を動かすよう指示を送る。ちょっとお手伝いする程度と思っていたけれど、実際はまったく異なりそうだ。

「昼のレクリエーションで参加者同士が仲良くなっていることもありますから、こちらで席を指定するのでなく、自由に座ってもらいましょう」

　そう言って、中村先輩は正面のホワイトボードに先ほどもらった白い紙を掲げた。お客さんの人数表だ。大人と子供の区別はなく、合計二十八人と簡単に内訳が書かれている。

　中村先輩に頼まれ、榊原先輩と高橋は望遠鏡キットの入った段ボール箱を倉庫から運んできた。側面には黒いマジックで〈七／六　二十七＋一〉と数字が書いてある。キットはツアーの開始前に一年分を発注していて、日付とお客さんの予約人数ごとに施設の職員が区分けしているそうだ。完成した望遠鏡を設置する三脚もついていた。

「菅野さんと村山さんで、ゴミ袋と机に敷く古新聞をもらってきてください。接着は強力ボンドで行いますので、机についてしまったら後で落とすのが大変ですよ」

わたしたちはすぐ近くの階段を使って一階の受付に戻った。だけど、応対してくれた男性の姿はない。あたりを見回すと、出入口のガラスドアに「天文館の調理場にいます」という張り紙があった。

いったん外に出て、天文館の正面玄関から中に入る。ロビーには座り心地の良さそうなソファがいくつも並べられていて、フロントには黒いスーツを着た白髪の男性がいた。

「ボランティアの学生さんですか」

正式には生徒だけれど、村山が頷く。

「こっちの入口はお客さん専用なんで、天文館と別館の間にある従業員口から入ってくださいね」

そう言うと男性は「田口さん、学生さんたちを調理場に通します」と内線電話で用件を伝えた。

田口さんとは、さっきの体育会系の男性のようだ。フロントにある見取り図で館内の説明をざっと聞き、わたしたちはいったん外に出て建物の裏手に回った。厨房《ちゅうぼう》も近くにあるようで、スープの匂いが出入口まで届く。

「すみませんね。ツアーは毎年開催してるんだけど、従業員の入れ替えがあったもので手際が悪くなって」

田口さんはストライプのエプロンを身に着け、角刈りの頭に白いキャップをかぶっている。受付だけでなく、料理も担当しているようだ。

会議室に戻ったら、準備はあらかた済んでいて、高橋がひとりで待機していた。先輩たちは別館の中を回っているそうだ。

「この新聞、今朝の朝刊だから、古いほうから使おうか」

机上に新聞紙を広げていると、高橋が言った。彼はさらに昨日の夕刊も見つけて持ち出し、出窓の前に座り込んだ。

「やだ！」

スマートフォンを片手に、村山が悲鳴のような声をあげる。駆け寄って、一緒に画面を見つめた。

《今、ホテルにチェックインした。公営の建物なのに、すごく綺麗だよ》

〈ロキ〉のブログが更新されていた。ページには《今ここ》の表示もある。

《今ここ》とは、GPS機能のようなもので、ユーザーのいる位置を数字で示すことができるシステムだ。数字は、138.3/34.5と表記されている。前者が経度で、後者が緯度だろう。更新時刻はちょうど今、十五時半。

出窓の高橋を見やる。だけど彼は、わたしたちには目もくれず、一心不乱に新聞を読んでいる。

「ここに、いるのかな」

村山は低い声で言った。位置的にはすごく近い。

「天文イベントを追いかけているのなら、可能性はある」

「なんなのよ。いい加減にしてほしい。あたしたちのこと、追いかけないでほしい」

わたしだって、怖い。

「もし〈ロキ〉がツアーに参加しているとしても、偶然だよ。だって、わたしたちがここに来ることは、昨日急に決まったんだよ」

「ねえ、菅野。大学の人たちが遭ったっていう食中毒。あれは〈ロキ〉が起こしたのかもしれない。うちらがボランティアに来るように仕向けるために」

「いくらなんでも考えすぎだよ」

急に、会議室のドアが大きな音を立てて開いた。

「俺、いっちばーん」

砂だらけのＴシャツを着た、小学校一年生くらいの男の子が立っていた。まだ十五時半過ぎだ。予定時刻よりかなり早い。部屋の外から、騒音が鳴り響く。途端に、同じ年くらいの男の子たちが走り込んでくる。みんな席には座らず、会議室内を駆け回り始めた。

「お風呂は望遠鏡を作ったあとに変更になりました」

小学校高学年くらいの女の子たちに囲まれ、中村先輩が入ってきた。その後ろを、スポーツウェアを身に着けた女性たちが談笑しながら向かってくる。

高橋は新聞をたたみ、段ボール箱から出した望遠鏡作成キットを、何とか席に着かせた子供たちに配っていく。わたしも手伝おうとしたら、スカートの腰のあたりを引っ張られた。幼稚園に入るか入らないかくらいの女の子だった。着脱しやすいゴムウェストのスカートなので、ずり落ちてくる。

「ねえ、そのおてて、ぐーぱーできないの？」

「右手ならできるよ」

「おちゃわんもてないの？」

「お姉さん、ご飯よりパンのほうが好きだから大丈夫なの」

おしゃべり要員も、わたしだけでは足りないかもしれない。

ある程度の人数が会議室に入ったところで、マイクロバスに同乗していた女の子が入ってきた。マキシ丈の長袖ワンピースに着替え、杖をついた女性に付き添っている。

女の子と杖をついた女性の後ろから、ウルトラマンの帽子をかぶった男の子と、三つ編みをした中学生くらいの女の子が追いかけてきた。三つ編みの子が杖をついた女性に「お母さん」と呼びかけている。きょうだい三人とお母さんの四人で参加しているようだ。

「ダメよ！　まだ袋を開けちゃダメ！　みんなちょっと待って！」

霧原先輩が声を荒げる。おとなしく座っている子供はほとんどいなくて、隅でプロレスごっこや鬼ごっこが始まっていた。注意してもまったく聞いてくれなくて、小学校に日食グラスを作りに行ったときと大違いだ。

「全員揃った？」

ホワイトボードの前にいた高橋が駆け寄ってきた。この騒ぎでは人数を数えるどころではない。段ボールの中身は空っぽになっているので、わたしは大きく頷いた。

「おーい、みんな席に座れー！　いい子で座っていないと、この中にお化けが紛れ込むぞ！」

榊原先輩がひときわ大きい声をあげた。「お化けだぞー」と嬌声は大きくなったけれど、子供たちはおとなしく席に座っていった。保護者たちはホッとした様子だ。

「いいか、本当だぞ。お兄ちゃんが前に肝試《きもだめ》しのバイトをしたときに聞いたんだ」

初耳だ。咄嗟に作ったのかもしれない。「おじさんだよね」という声が飛び交いながらも、子供たちは耳を傾ける。

「昔々、このあたりにはすげえいたずらっこがいて、言うことを聞かないで暴れまわっていたら、海で行方不明になってしまったんだ。それ以来、子供が騒がしくしていると、一緒に遊ぼうってお化けになったその子が紛れ込んでくるんだ」

「俺、お化けじゃねえぞ」

「俺もだ！」

幼い男の子たちが口々に叫ぶ。

「お化けはな、子供じゃなくて大人の姿をしていることもあるんだ。でも、誰に化けているのか分からない。みんな知ってるはずなのに、人数を数えるとひとり多いんだ」

「座敷わらしだ！」

メガネをかけた利発そうな子が答えた。「まあ、そんなもんだな」と榊原先輩は頷いて先を続けた。

「お化けは、俺がいるぜっていう証拠に何かいたずらをしてくる。例えばこの望遠鏡。レンズを付けるときに、こっそり裏表を逆にして、星を見えなくさせたりするかもしれない。あるいはご飯を全部食っちゃうかもしれない」

「嘘だ！」

「さあ、どうかな？　お兄ちゃんがお化けかもしれないぞ」

榊原先輩はいちばん騒いでいた男の子を抱き上げた。男の子は顔をこわばらせて静かになった。一緒に来ていたお父さんが「すみません」と頭を下げる。

静かになったところで、ひとりの女性が手をあげた。わたしのスカートを引っ張っていた女の子のお母さんだ。

「あの、うちの子のぶんがひとつ足りないんですけど……」

「あれ、おかしいですね。みんな、キットを高く持ってお兄ちゃんに見せてくれ！」

子供たちは元気よく、大人たちは静かに手をあげる。おしゃぶりをつけた赤ちゃんもニコニコ顔で自分のキットをつかんでいる。

「あら、二十九人いるわ」

霧原先輩がつぶやいた。

段ボールに日付と一緒に書いてあった望遠鏡キットは二十八個で、ホワイトボードに掲げられている人数表も二十八人だ。

ひとり、多い。

「赤ちゃんもカウントするんだったか。参ったな。ミスったか」

わたしは驚いて隣の中村先輩を見上げた。ひとりごとだと、口調が変わっている。すごく小さい声だから、ほかの人には届いていない。

「施設の人が間違えたのかもしれませんね」

わたしはこっそり中村先輩に言った。

「受付で予備のぶんをもらってきます」

今のひとりごとがわたしの耳に届いていたとは気づいていない様子で、中村先輩はそっと退室した。

「あの、ごめんなさい。私のぶんを使ってください。私はアユムと一緒で充分ですから」

バスに同乗していた女の子が立ち上がって、榊原先輩に言った。アユムとは、ウルトラマン帽子の弟のようだ。

しかし、中村先輩はすぐに戻ってきて、全員に望遠鏡キットが行き渡った。

進行は榊原先輩から高橋に代わり、望遠鏡作りが始まった。

まずは小さい筒にレンズを設置する。レンズは二枚くっついていて、片面が平らで、片面が膨らんでいる。机上に置いてもぐらつかない平らの面を下にして、上から小さい筒をはめ込む。これだけでも一苦労だ。ひとりずつ確認をすると、面を逆さまにしている人が何人もいた。

次に、小さい筒を長い筒に差し込む。差し込んだ小さい筒を前後に動かせるようにするために、長い筒の中に歯止めを設置する。キットだから作りやすくなっているのに、実際にやってみると図工の授業で工作に慣れている子供たちですら、苦戦している。

ようやく、細長い筒型の望遠鏡ができた。

その後、三脚を固定させる板を筒の中央にくっつけた。わたしたちのチェックを受けた人から、三脚を広げ、本体を固定させる。

ブラインドを上げ、出窓に三脚を置き、できた人から試しに外を見た。木が生い茂っている中に、一本だけ高い木があり、てっぺんに旗みたいなものがついている。そこに焦点を当てた。

「逆さまだー」

先ほど暴れまわっていた男の子が歓声をあげた。

「天体望遠鏡は上下逆さまに見えるの」

「じゃあ、月のうさぎも望遠鏡の中では逆さまになってるの？」

望遠鏡の中に月が入っているのではなくて、と説明してもよく分かってもらえない。彼は星も月も望遠鏡の中に閉じ込めないと見えないと思っているみたいだ。

「クレーターっていう名前の月の穴ぼこなら見えるのよ」

「穴が開いてたら裏っかわまで落ちちゃうよ」

そろそろ十七時になろうとしていたので、その場は解散になった。お客さんたちにはマジックで望遠鏡に名前を書くようお願いし、部屋に持って帰ってもらう。

食事までは自由時間になるので、入浴を済ませてもらうように案内した。最上階に天井の一部がガラス張りになっている大浴場があるけれど、くれぐれも望遠鏡を持ち込まないように念を押す。

「去年の夏にバイト先で教えてもらった子供をおとなしくさせる作り話が、まさか本当になってしまうとはなあ」

会議室を片付けながら、榊原先輩が言った。

「やだ、大和、あなた本当にバイトしてたの？」

霧原先輩が目を丸くする。

「おうよ。小学校の臨海学校の宿舎でバイトしたんだ。肝試しのときに茂みに隠れて、頃合いを見計らって子供集団に紛れ込むという演出までやったんだぜ。大成功だったわ。このあたりって夜、結構虫が出るけど、虫除けスプレー持ってきたか？」

「皆さんで使えるように大きいのを持ってきました」

「圭司がそんな気が利くとは思わなかったぜ」

雑談の間に〈ロキ〉の話をしようとしたけれど、そんな余裕はなく、急いでわたしたちは食堂の手伝いに行った。

4

本館である天文館一階のレストランは、天井が高くてパーティーが開けそうなほど広い。壁の一面がすべて窓になっていて、池と森林に面している。木製のテーブルには白とオレンジ色のランチョンマットが重ねてあり、中央には造花が飾られていた。

お客さんたちは家族ごとに座るらしい。内訳は四人家族が二組、三人家族が四組、二人家族が四組の合計二十八人だった。

「三人家族のうちの一組は赤ちゃん連れなので、椅子を赤ちゃん用のものに取り替えてください」

フロントにいた白髪の男性の指示で、中村先輩が食堂の奥から赤ちゃん用の椅子を運んできた。

わたしにできることはカートを押すくらいなので、率先して厨房から運び出していく。メニューはローストビーフ、鮭のカルパッチョ、シーザーサラダにポテトサラダ、サンドイッチとちらし寿司だった。統一は取れていないけれど、冷たくても美味しく食べられるものばかりだ。デザートはミニケーキが三種類とフルーツの盛り合わせが用意されている。

食材の好みは事前にお客さんに申告してもらい、アレルギーや好き嫌いを考慮して業者に発注していると聞いた。大半がデリバリーで、田口さんをはじめ施設の人々は盛り付けるだけで済むそうだ。だから従業員が少なくても充分まかなえるらしい。

「こういう子供メインの宿泊施設ってバイキング形式が多いのに、珍しいわね」

料理をテーブルに並べながら、霧原先輩が言う。

「身体の不自由な人のことを考慮しているんですよ」

中村先輩が答える。わたしも、ビュッフェスタイルのお店だと、まだひとりでは食べ物を取りに行くことができない。

本館の床はすべてバリアフリーになっていて、ツインベッドの客室内も車椅子が通れるほど広いらしい。廊下は絨毯敷きではなく、目の不自由な人もスムーズに歩けるような板張りにしているそうだ。希望者にはボランティアによる介添えのサービスもあるという。

高橋と村山がレストランにやってきた。ふたりは倉庫に仮置きした荷物を部屋に運んでいたのだ。

「男子部屋も女子部屋もツインだったので、エキストラベッドを広げてきましたよ」

「すみません。当初と男女の比率が変わってしまったので、二人部屋を三人で使うことになります。あとで枕とかも借りてきますよ」

「もともとは何人だったんですか？」

「男性四人と女性一人です」

中村先輩は静かに答えた。

ひと通り準備が終わったので、わたしたちは厨房の横にあるボランティアの控室に移動した。中に入る前に、村山がわたしをトイレに連れ出した。

「今ここに来る間に、誠にうちらがストーカーされてるかもって言ったのね」

手を洗いながら、わたしは黙って頷いた。

「そしたら、なんて言ったと思う？　偶然だし、ありえないって。あんたたち、同じこと答えてるの。これだからカップルはやあね」

「言いがかりだよ」

わたしは苦笑した。先輩たちに言っても、きっと同じように答えるだろう。

「ただ、誠がおかしなことを言ってきたんだよ」

わたしは首を傾げた。

「もしもストーカーがいるとするなら、うちら鵬藤高校天文部じゃなくて、大学の国立天文サークルのほうをターゲットにしてるんじゃないのかって」

いったい高橋は新聞で何を調べていたのだろう。

そっちのほうが気になったけれど、霧原先輩が呼びにきたので、わたしたちは控室に戻った。

控室は六畳ほどの和室で、奥に引き戸があり、そこから厨房につながっていた。女子は大量のゆでたまごの殻をむき、男子はピーラーを使ってじゃがいもの殻をむいていく。明日の朝ごはんの仕込みの手伝いだ。左手を文鎮《ぶんちん》のように使えば、わたしでも殻をむくことができる。

「明日は朝ごはんの準備のため、六時起床です」

中村先輩に言われ、みんなでため息をつく。

「望遠鏡づくりと天体観測だけなら、こんなに人手はいらないはずだ。だから何かあるんじゃないかと思ったら、案の定たくさん仕事があるんだなあ」

榊原先輩がぼやく。

「でも、合宿って感じで楽しいです」

わたしたち二年生が同時に答えたら、厨房のほうから田口さんがやってきて、チラシを見せてきた。

「君たち、ここに来るまでにこういう人を見かけなかった？」

昨日の朝、若い女性が不倫相手の子供を拉致し、逃走したという事件が起きたらしい。女性は星里町出身の二十代半ばの介護士で、体型は痩せ型、肩までのストレートの黒髪で、細い銀縁のメガネをかけている。鼻は細く、唇も薄めで、すれ違っても印象に残りにくい容姿だ。連れ去られた子供は五歳児で、平均よりも背が高く、紺と白のボーダーのTシャツにジーンズの半ズボンを身に着け、ウルトラマンの帽子をかぶっているという。

「昨日の夕刊にもふたりの特徴が載ってましたね」

高橋が言った。

「電車の中でずっと起きてたけど、女の人と小さな子供の組み合わせは見なかったなあ。駅で降りたのはあたしたちだけだったし、駅前に誰もいなかったし」

チラシを覗きながら、村山が言った。車両は二両しかなかったし、わたしたちが隣の車両に移ったときも、該当するような人は乗っていなかったことを覚えている。

「案外、このツアーに紛れ込んでいたりして。ほら、望遠鏡がひとつ足りなかったし」

「何言ってるの。予約のときに名前とか言うでしょう」

「偽名を使えばいいだけの話だ」

「よく考えなさいよ。子供を誘拐した人がのんきにツアーに参加するはずないでしょう」

「でも、少なくとも一泊分の寝食には困らないんだぜ。俺が子供なら喜んでついてくる」

腕を組んで考え事を始めた榊原先輩に、霧原先輩が呆れ顔をする。

ツアーに遅れて参加した男の子も、ウルトラマンの帽子をかぶっていた。だけど、チラシの似顔絵に描かれた帽子は、ウルトラマンの形ではなくて普通のキャップにウルトラマンの絵をプリントしたものだ。それに、あの子はお姉さんふたりとお母さんの四人参加なので、事件とはまったく関係ないだろう。

何かおかしいと思っていたけど、その何かが分からなかったので、わたしは何も伝えずにいた。作業が終わったら、わたしたちも食事になった。お客さんのメニューとは異なり、かなりボリュームのある豪華な仕出し弁当だ。

「美月ちゃんも村山ちゃんも、残ったら俺が食うぜ」

「私には聞かないの？」

榊原先輩は頭を振って答えた。

「霧原はもう少し食わねえと、そのデカい胸を維持できないぞ」

霧原先輩は肩を震わせ、箸をつける前に、中村先輩と高橋に自分のお弁当を取り分けていった。高橋に割り箸を割ってもらい、わたしも食べ始めた。自分の食べる量の二倍近くあるので、わたしは榊原先輩にご飯を半分取り分けた。

「あ、もし多かったら、クリームコロッケをください」

中村先輩が言う。

「牛乳お嫌いなのに、クリームコロッケはお好きなんですね。少年みたいです」

村山も、中村先輩におかずを渡した。

「それでは、私は部屋で食べます」

「そんな……、あたしも一緒に行きます」

「いえ、ひとりになりたいので」

「ログハウスの最上階にあるっていう大望遠鏡を見に行くんだろ」

榊原先輩の言葉に否定も肯定もせず、中村先輩は曖昧に微笑んだ。図星だったみたいだ。

「天体観測は二十時に玄関前に集合です。お客さんには集合時間を伝える際に、気温が下がっているから上着を羽織ることと虫除けスプレーも忘れずに塗布するよう念を押してください。それから、榊原さん。出発前でいいので、田口さんに懐中電灯を六本借りてください。私たちも準備することをすっかり忘れていました」

「田口さんって誰だ？　ちょっと感じの悪いあの白髪のじいさんか？」

「いえ」

「ああ、イケメンのおやっさんのほうか。体型が似てるから、俺も将来あんな感じになりそうだぜ」

「全然似てないわよ！」

霧原先輩が突っ込む。

「ツアーにも同じ名字の子がいましたよね。望遠鏡に名前を書いているとき、『ぼくの名前、小学校一年生でも漢字で書けるんだ』と言ってる子がいましたっけ」

「まあ、あとはよろしくお願いします」

高橋の会話を遮り、中村先輩はお弁当を持って一足先に出て行った。

食事を終えると、わたしたちも別館のログハウスの二階にある宿泊部屋に行った。レストランの後片付けは、田口さんと初老のフロント係の人とマイクロバスの運転手さん、それから夜勤担当の人で行うそうだ。

「やだ、こんなに狭いの！」

鍵を開けて室内に入った途端、霧原先輩が大声をあげた。部屋はツインの洋室だ。その中に無理やりエキストラベッドを入れているので、歩けないほど狭い。

「男子の部屋もこんな感じでしたよ」

村山が言う。荷物を運んだときに見たそうだ。部屋は緑とオレンジ色を基調にした明るい内装で、トイレも洗面所もついている。お風呂はお客さんと同じ大浴場も使えるので、高校生のわたしたちには贅沢だ。

「食中毒に誘拐事件。小さな町なのに数日でいろんなことが起きるのね」

霧原先輩はベッドに寝転がって言った。

「あと、ストーカーも」

「どういうこと？」

村山はスマートフォンを見せながら説明した。途端に霧原先輩の表情が険しくなる。

「なんか気持ち悪いわね」

「ですよね！　菅野は相手にしてくれないし、誠は笑い飛ばすし、しっかり聞いてくれるのは霧原先輩だけですよ」

わたしだって怖がってるのにと言いたかったけれど、忙しさのあまりに〈ロキ〉のことを忘れかけていた。

「この人から危害を加えられることはないと思う。だから美月ちゃんも高橋くんもそんなに怯えないの。圭司や大和も同じ反応を示すと思う」

　霧原先輩は肩まで伸びた髪を束ねながら言った。

「仮にこのツアーにその人がいたとするわ。けど、私たちはそのことを咎められる？　ただ単に参加しているだけなのに、『あなた、ストーカーみたいで気持ち悪いんだけど』なんて言えないでしょう」

　わたしも村山も頷いた。

「あの子、遅れてきたあの子が〈ロキ〉ですよね。ほかに該当する人はいないし」

　薄々、わたしも疑っている。だけど、〈ロキ〉はひとりでツアーに参加しているみたいだ。あの女の子は家族で参加している。

　霧原先輩はしばらく迷ってから言った。

「推測にすぎないわ。それに、誰がこの人だっていう話じゃないの」

　そして、話を続ける。

「何もしないからこそ怖いのよね。攻撃してきたら、被害者と加害者という関係性が成り立つから感情の収まりがつくわ。けど、この人は目的が分からないでしょう。それに〈どこの誰さん〉か姿さえ見えないから、こっちの気持ちがすっきりしない」

　一呼吸置いて、霧原先輩はわたしたちの目を見て言った。

「だからといって、個人を特定しようとするなんて、あなたたちもその子と同じことをしているわ」

「『星を好きな人に悪い人はいない』って中村先輩がよく言ってますよね。その言葉を信じていればいいんですか」

「そうね」

いつものクールな笑みを見せて、霧原先輩は会話を締めた。

だけど、わたしの違和感はどんどん大きくなっていった。

ここにいるのかもしれないし、いないのかもしれない。

何かが起きているようで、だけど、その何かがはっきりしない。

日常生活と離れているから、気持ちが不安定になっているのだろうか。

天体観測の時間がきたので準備をし、わたしたちは外に出た。

5

宿泊施設から砂浜まで宿の見えるところで分かれ道があるくらいで、迷わずに済みそうだった。だけど、外灯がないので真っ暗だ。お客さんの持ち物に懐中電灯も入っていたようで、片手に望遠鏡、片手に懐中電灯を持って両手がふさがっている子もいる。

出発前に中村先輩は参加者にキャンディを配った。先に宿に戻る人は必ず包み紙を中村先輩に渡すよう頼む。キャンディは人数分用意したそうだ。天体観測への参加者は大人と子供、赤ちゃんを合わせてちょうど二十人だった。ゆっくり休んでる人もいれば、保護者同士で宴会を始めた人もいる。

子供たちは男女年齢問わず仲良くなっていて、ひと固まりで動いてくれた。夕方の望遠鏡づくりのときよりもずっと誘導しやすい。

「お兄さんたちの言うことを聞かないとお化けが出るぞー」

という声も飛び交う。

木の間の細い道を抜けたら、砂浜が広がった。風が強くて、少し寒い。夜の海は真っ暗で、波の音が響く。どこまで水が届くのか分からないけれど、足元はサラサラしているので、危険はなさそうだ。

砂浜の真ん中に大きな木箱が置いてあり、その上に三脚を設置した。中村先輩が中心になって説明をし、わたしたちは子供たちが遠くに行かないよう四方に立った。

全員で一斉に懐中電灯を消し、空を見上げる。少し雲がかかっているとはいえ、わたしたちの住む町よりも、ずっと星に近い。まさに〈星に出会う町〉だ。

「すげえ！」

ひとりの男の子が、大声で叫んだ。

「夜って暗いんだなあ。星って明るいんだなあ」

道すがら、東京に住んでいると言った男の子が飛び上がっている。わたしの近くまで走ってきたので、慌てて右手で通せんぼをし、中村先輩のほうに向かわせた。

「それでは、一年中絶対見える星を紹介しましょう。海に向かってだいたい左のほうを見てください」

波の音も静かなので、中村先輩の声は拡声器を使わなくてもよく通る。いちばん北側にいる高橋がいったん懐中電灯を点けて手をあげた。

「あちらが北になります。そこからちょっと左のほうによく光る星が七つあるのは分かりますか？　ひしゃく形というのだけど、おなべみたいな形と言ったほうがいいですかね。星がいっぱいあって分かりにくいかもしれませんが、分かった方は手をあげてください」

携帯が震えた。〈ロキ〉のブログが更新されたら反応するようセットしてある。

《外、意外と寒い。と思っていろいろ準備しておいて良かった。カシオペアが見えないのが残念。いちばん好きな星座だから》

夏のこの時期、カシオペアは見えない。やっぱりこの中に〈ロキ〉はいるのだ。でも、正体が分かったとしても何の意味があるのだろう。

中村先輩は七夕の説明に入った。

「頭のてっぺんを見てください。いちばん輝いている星があります。あれはベガといって、こと座という星座の中にある星です。七夕の織姫にあたります。それでは、明日の七月七日に一年に一回だけ会えるという彦星を探してみましょう」

中村先輩はわし座のアルタイルを説明した。さらに、はくちょう座のデネブを伝え、夏の大三角を示す。子供たちは手にした望遠鏡を使って星を見ていた。

しばらくおいて、次はみんなで南の空を見た。

「空の低いところに、赤い星があります。あれは、アンタレスという名前です。そのあたりを、アルファベットのSの字につなぐことができます。釣り針みたいな形ですね。皆さん、分かりますか」

中村先輩は大きく懐中電灯を回した。真似をする子供たちの姿が見える。

「これは、さそり座です。アンタレスはさそりの心臓と言われています。今は見えませんが、冬にはオリオン座という星座があります。オリオンはとても力持ちで、『自分は神様より強いんだ』と自慢していました。神様は威張っているオリオンをすごく怒り、さそりを放ってオリオンの足を刺しました。いくら力持ちのオリオンでも、さそりの毒にはかないません。結局オリオンは死んでしまい、のちに天に召されて星座になったのです。オリオンを退治したさそりも星座になったのですが、さそりが今みたいに東の空から上ってくると、オリオンは慌てて西の空に沈んでしまうのです」

「驕れる者は久しからず」と同じ教訓の物語だ。

「先生！」

大きな声があがる。

「北には北極星があるけど、南には南極星はないの？」

「南極星という星はないのですが、南十字星という星が南の方向を示してくれます。でも、残念ながらもっとずっと南に行かないと見られないのですよ」

中村先輩は、自分の望遠鏡を覗きこんだ。

「うっすらと天の川も見えますね。天体望遠鏡で見てみましょう」

子供たちは次々に中村先輩の望遠鏡を覗き込んだ。しばらくして、三つ編みの女の子がわたしに近づいてきた。杖をついていた女性のお子さんだ。

「母がお世話になりました」

お母さんは観測には参加せず、部屋で休んでいると言った。

「アスレチックの途中から来たボランティアの方が、母に付き添ってくれたので助かりました。母のぶんの荷物も持ってもらっちゃったし」

「おねえちゃん」と言って、半ズボンを穿いた髪の短い小学生が近づいてきた。

女の子だ。

「弟さんだけじゃなくて、妹さんもいらっしゃったんですか」

杖をついたお母さんと、高校生くらいのお姉さんと、中学生の今目の前にいる女の子と、ウルトラマンの帽子をかぶった小学生の四人家族のはずだ。

「え？　私は妹と二人姉妹です。母と三人で参加しているんですけど」

そう言って、姉妹は中村先輩のほうに戻っていった。

ほかにもきょうだいがいるのなら、五人家族になる。だけど、食事のときにそんな指示は受けていない。

ならば、あの高校生くらいの女の子とウルトラマンの帽子をかぶった男の子は、いったい誰なのだろう。

携帯電話が震えた。画面を開く。

ブログには、たくさんの星を写した画像が載っていた。特に輝いている星をなぞる。逆向きのSだ。アンタレスもくっきりと写っている。

まさか、本当にあの女の子が〈ロキ〉なのだろうか。

〈ロキ〉は鵬藤高校の天文部がツアーのボランティアを務めると知って、急にツアーの予約をしてきた。だから集合時間からかなり遅れていたし、予定外だったから望遠鏡キットもひとつ足りなかったのだろうか。

ちらほらと帰り始める人が出てきたせいか、予定時間よりも少し早いけれど、集合の合図がかかった。

「人数確認でキャンディを配ったのですが、静かに聞いてもらえる効果もあったみたいですね」

中村先輩は包み紙を手のひらに乗せた。十五枚あるという。付近にはちょうど五人いるので、はぐれた人はいないようだ。

「分かれ道には榊原さんと霧原さんがいますから、先に帰ったお客さんたちも迷うことなく宿に戻れるでしょう」

わたしたちも望遠鏡を外し、三脚をたたんだ。残っていた親子連れと子供たちが手伝ってくれる。〈ロキ〉かもしれない女の子と、一緒に来た男の子の姿はない。

「三脚は倉庫に返しておいてくださいますか。明日の朝六時半には先ほどのボランティア控室に集合になります。それでは、私は先に戻ります」

中村先輩は手早く自分の荷物を抱えると、施設のほうに走って行ってしまった。

「なんか、変なんだよね」

最後まで残っていたお客さんたちの後ろを歩きながら、高橋が言った。

「中村先輩、片付けているときにおなかが鳴ってたんだ」

「食べ過ぎておなか壊しちゃったのかな。だから急いで帰っちゃったのかも。海にはトイレないもんね」

「だったら、俺には一言断りを入れてもいいんじゃないかな。同じ男子なんだし」

「確かに。でも、中村先輩がそんなこと言ったら幻滅しちゃう」

考え事をしていて、村山と高橋の会話には加われなかった。

高橋の言うとおり、何かが、おかしいのだ。

いや、確実におかしなことはあった。

望遠鏡キットの数だ。

会議室には赤ちゃんも含めて二十九人いた。キットの数は〈二十七＋一〉で合計二十八個あった。このツアーは大人も子供も赤ちゃんも区別なく、食べ物以外は平等に全員が同じサービスを受けられる。だから、赤ちゃんにキットを配らないことはない。となると、〈＋一〉の意味は何だろうか。

考えられるのは、急にツアーに来た人物だ。〈ロキ〉なのかどうかは関係ない。あの遅れてきたふたりのぶんだろう。だけど、それならば〈＋一〉ではなく、〈＋二〉と書かれるはずだ。

分かれ道で、霧原先輩と榊原先輩に合流した。

「やっと終わったぜ。長い一日だったな。昨日、試しに望遠鏡を作ってみなかったら、もっと大変だっただろうな」

榊原先輩が懐中電灯を振り回しながら言った。

「見本。普通なら見本がありますよね。だって、わたしたちだって初めて望遠鏡を作るんだし」

「ああ。だから段ボールにも〈＋一〉って書いてあったんじゃないのか。赤ちゃんにもキットを配っちゃったから足りなくなったんだろうよ」

全員が首をかしげた。

一人多いのではない。ツアーにはふたり、予定外の人物が紛れ込んでいるのだ。そのふたりとは、遅れてきた女の子とウルトラマン帽子の男の子だろう。

おそらくあの子たちは予約をしていなかったのだ。でも、天文館の人が了解していれば、食事や宿泊場所の提供だってできる。

だけど、それなら望遠鏡キットの数が足りないなんてことはないはずだ。個数の管理をしているのは職員の人だから、ほかの日程の見本キットから拝借すればいい。

天文館の職員でないとするならば、誰が仕組んだのだろう。

子供は子供の中に、女の子はボランティアの中にうまく隠せる人物なんて、ひとりしかいない。

中村先輩だ。

初めて訪れる割には、勝手を知りすぎている。田口さんの名前だって、以前から知っていたみたいだ。

「如月さんの食中毒の症状はどうだったんですか」

高橋が霧原先輩と榊原先輩に訊ねた。

「いや、分からない。実は、俺たちもその如月先輩の顔を知らないんだ」

「私たち三年生って、入学当初から入部していたわけではないの。夏休み前くらいに圭司に声をかけられたのよね」

先輩たちによると、天文部は中村先輩しか部員がいなかったそうだ。それで、入れ違いに卒業していった如月先輩が中村先輩に指導を行っていたらしい。ほかの先輩たちが入部する直前に、如月先輩は大学の天文サークルが忙しくなって鵬藤高校の天文部に顔を出す余裕がなくなってしまった。だから、三年生の先輩たちは会ったこともないらしい。

「そんなにお世話になった先輩なら、病院にお見舞いに行くとか、その後の病状を気にするとか、態度に出ませんかね。入院するほど重症の人もいるそうなのに、新聞の地元欄にもネットのニュースにも店名が載ってなかったし」

高橋がつぶやく。

そうこうしているうちに、天文館に着いた。同時に、従業員出入口のほうから中村先輩が姿を見せる。

「中村先輩！」

高橋は声を荒げた。

「本当に食中毒はあったんですか」

「ええ。ありました。男子学生の自宅で起きたので大きく騒がれていませんけど」

「だったらどうして、お世話になった如月さんの心配をしていないのですか」

「如月さんは、彼女は、被害に遭っていませんから」

中村先輩は静かに答えた。その表情は、これまで見たこともないほどさみしげだ。

ほかの人たちは、如月さんが女性だったという事実に驚いている。だけど、わたしにはまだ疑問が残っている。

ボランティアが終わるまで、問い詰めないほうがいいかもしれない。

それでも、わたしは勇気を振り絞って言った。

「あの高校生くらいの女の子が、如月さんですよね」

中村先輩は黙って頷く。

「ウルトラマンの帽子をかぶった男の子は誰なんですか」

6

わたしたちはそのまま天文館にあるボランティア専用控室になだれ込んだ。

「おいおい、美月ちゃん、説明してくれよ」

榊原先輩が急かす。どのような順番で話したらいいか迷い、わたしは順を追って質問を重ねた。

「中村先輩は以前このツアーにボランティアとして参加していますよね」

「ええ、そうです。二年前にツアーの始まった年から、七月の第一週の週末は必ず参加していま
す。今年もその予定でした」

だから、七夕の資料に行程表も入っていたのだ。いきなり準備した割には、手際が良すぎる。

「男性四名、女性一名だから三部屋しか部屋を用意していないと聞きました。男子のうちの一名
は中村先輩で、女性一名は如月さんですよね。如月さんはボランティアに参加できたのではない
ですか」

「彼女はほかに事情がありまして」

「ちょっと待ってください」

わたしは中村先輩の言葉を遮り、村山に言った。

「中村先輩、たぶん夕食を食べてないの。食べ物を用意してもらうよう、施設の人に頼んでくれ
る？」

理由は訊かず、村山は席を立った。彼女は真相を知らないほうがいいような気がした。

「歩くん、あのウルトラマン帽子の男の子は、田口さんのお子さんなんです」

確かに、望遠鏡に〈田口〉と名前を書いた男の子はいた。高橋が目撃している。だけど、その
子と従業員の田口さんがつながっているとは想像もできなかった。

「どうして、如月さんと田口さんのお子さんが一緒に行動しているのですか」

中村先輩は先を続けた。

如月さんも一昨年のツアー開始時から中村先輩と一緒にボランティアをしていた。そして、男手ひとつで小さい歩くんを育てている田口さんと恋に落ちた。如月さんは星里町に住んでいて、田口さんも隣の町に住んでいたので、互いの家も行き来するようになった。歩くんも如月さんにすごく懐いていたそうだ。

だけど、いずれは東京の大学院に進みたいと希望している如月さんの将来を考え、今年に入ってから田口さんは別れを告げた。如月さんも承諾したらしい。ふたり揃って携帯電話やメールアドレスなどの連絡先を変え、引っ越しもした。

もう会わないと決めていたけれど、夏のボランティアが近づいてきた。参加するかどうか迷った如月さんは、中村先輩に相談していたらしい。中村先輩は「星が好きなら参加してください」と説得したそうだ。

一昨日の木曜日、大学に歩くんが現れた。小学校の帰りがけ「お姉ちゃんの忘れ物を届けに来た」と偽り、歩くんは如月さんを呼び出した。如月さんと田口さんと三人で一緒に買いに行ったランドセルを背負い、その際に如月さんがプレゼントしたウルトラマンの帽子をかぶっていたそうだ。

歩くんは三人で一緒に暮らせるまで家に帰らないと言い張り、その日は如月さんの新しいアパートに泊まった。天文館に電話をかけたけれど、ちょうど入れ違いで田口さんは自宅に帰ってしまった後だった。歩くんは田口さんの携帯番号も教えてくれないし、自宅の場所も黙ったままだ。途方に暮れていた矢先、サークル仲間が食中毒で倒れたと連絡が入った。動揺した彼女は、中村先輩に泣きついたのだ。

中村先輩は電話でボランティアには鵬藤高校の天文部員を連れていくと言い、その後、歩くんと話をした。

『お手伝いさんとお父さんの帰りを待っているのはもう嫌だ。お姉さんと一緒に暮らしたい。無理なら、お姉さんと一緒に天文館のツアーに参加したい。でも、ぼくが来ているってお父さんにバレたら、すごく怒られて家に連れ戻されちゃう。お姉さんと一緒に作った望遠鏡で星を見たら、おとなしく帰る』

幼いながらも歩くんは、必死でこのように訴えてきた。

『ぼく、ひとりじゃなくてみんなで星を見たい』

この一言で、中村先輩の心は動いた。すぐに天文館に連絡を入れると、職員の人が田口さんの自宅の電話番号を教えてくれた。自分に連絡があったら自宅の電話番号を伝えてくれるようにと田口さんから連絡があったようだった。

『彼女の弟です。息子さんは今、彼女の実家で預かってもらっています。日曜日の七夕には絶対に帰らせますので、心配しないでください』

夏の度に顔を合わせているから声で正体が分かってしまうかもしれないと心配したけれど、憔悴していた田口さんには気づかれなかった。

ふたりの部屋は、ボランティア用の宿泊部屋のひとつを提供した。田口さんは食事、わたしたちは会議室の準備の間に、こっそり招き入れたそうだ。食事も予想どおり、自分のお弁当を渡した。量は多いし、かなり分けてもらえたから、もともと小食の女子大生と小学校一年生の男の子には充分な量だった。クリームコロッケは、如月さんの大好物らしい。

如月さんは何度もお父さんに本当のことを言おうと説得したけれど、歩くんが頑なに拒否していた。最後にもう一度お姉さんと楽しく過ごしたいと言われ、中村先輩も夜の天体観測が終わるまで黙っていることにした。

望遠鏡キットは、見本のぶんと赤ちゃんのぶんをふたりに渡せばいいと思っていたそうだ。だけど、赤ちゃんにも配ることを失念していたと中村先輩は語った。だから、「参ったな」とつぶやいたのだろう。

天体観測を早めに抜けた如月さんと歩くんは、勤務の終わった田口さんと合流しているそうだ。

「けど、どうして圭司がそこまで世話を焼くんだ。俺らに隠してまで」

長い話の後、榊原先輩は言った。

「楽しく過ごしてもらいたかったからです。一年に一度、彼女の笑顔を見るのが私の楽しみですから」

「突っ込みはそこまでよ！　男ってほんと、デリカシーがないんだから」

霧原先輩が制す。

中村先輩は、如月さんに尊敬以上の好意を持っているのだ。

たとえ一年に一回しか会えなくても、彼女がほかの人を好きでいても、ただ、その人が幸せなら、自分はかまわない。

そんなまっすぐな片思いに、わたしはなぜだか涙が出そうになった。

「お待たせしました！」

村山には絶対内緒にしておこうということで話をまとめたら、ちょうど当人が戻ってきた。おにぎりと玉子焼きと唐揚げの載った皿を抱えている。

「インスタントのお味噌汁もいただけました。お湯沸かしますね」

楽しそうに村山は電気ポットのスイッチを押す。

「そうそう、あたしたちと一緒にバスで来た子たち、従業員の方のご家族だったんですね。今、すれ違いましたよ。明日あらためてお礼言いますって」

中村先輩はますます頭を下げ、ほかのみんなはただ笑うしかなかった。

「結局、ストーカーの件は取り越し苦労だったわね」

事情を知らない男子の先輩たちは、霧原先輩の発言に首を傾げる。

「うちのSNSにときどき書き込んでくれる人を、この子たちがストーカーじゃないかって怖がってたの。ほら、この人のブログ、私たちの行動とニアミスしてるのよ。きっとツアーの参加者にいるんじゃないのかしら」

そう言って、霧原先輩は自分のスマートフォンを出し、〈ロキ〉のブログを見せた。

「えっと、皆さん、これを見てこのツアーにいると思ったのですか」

中村先輩はおにぎりを持ったまま固まった。

「村山さんも菅野さんも、しっかりしてください。これは、南半球から見たさそり座の形ですよ。Sの字が逆向きでしょう。それにこの緯度と経度は、オーストラリアのアデレードです。今いる位置とは若干違うではないですか。この海は、南極湾に通じるセントビンセント湾でしょう」

〈ロキ〉のブログにあった『カシオペアが見えない』のは、南半球にいたからだった。向こうは冬だから、『寒い』と表現したのだろう。

わたしと村山は顔を見合わせた。

「そういや、こいつ〈弘樹〉だぜ。俺らと同じ年で、すげえ礼儀正しくて律儀なやつなんだよ。お世話になった人の名前も知らないのは失礼だって、あちこちのツテをたどってしっかり把握しておくみたいだぜ。ネットやってる団体にはネットでお礼言うけど、そうじゃないところには直筆で手紙書いてるくらいだぞ」

榊原先輩が苦笑した。村山が崩れ落ちる。

「なんだ、良かった。女の子じゃなかったんだ。中村先輩に会いたがってるから、彼女になろうと狙ってるんだと、あたしもうずっと気にしてて」

村山が〈ロキ〉に対し、必要以上に神経質になっていた理由もようやく分かった。

中村先輩の食事が終わったので、わたしたちは部屋に向かった。一部屋空いているのだけれど、誰も移らずに男女分かれて三人で一夜を過ごすことになった。

霧原先輩と村山がお風呂に行った後、わたしは高橋に呼び出された。

「星に会いに行かない？」

借りたままの懐中電灯を頼りに、森林を抜ける。

「みんなとお風呂に入るのは、まだ抵抗があるの。おかしいよね。天文部の人たちなら身体のことを気にしないのに」

わたしは彼に言った。

「いつか、慣れるといいね」

そう言って、高橋はわたしの右手を自分の左手に重ねた。

砂浜に出ると、さっきよりも雲がなくなり、星座も分からなくなるくらいたくさんの星が輝いていた。

「天文好きの男って、年上の女性に惹かれやすいのかな」

「え？」

「ほら、上ばかり見てるから」

「中村先輩くらいでしょう」

「そんなことないよ。もっとも、女性は幼く見える人が多いのかな。美月ちゃんみたいに」

「ねえ、中村先輩、このままで良かったのかな。好きな人がほかの人と幸せになるところなんて、わたしは見たくない」

「俺なら、奪い取るよ。相手がどんなやつでも。俺よりずっと大人でも」

高橋はメガネを外して軽く拭い、またかけ直して言った。

「でも、中村先輩らしいよね」

置き去りの木箱に高橋は腰を下ろす。わたしも隣に並んだ。

「俺、安心した」

「わたしも」

「中村先輩も、人を好きになるんだね」

ふたりで同時に言い、思わず吹き出した。

それからしばらく、わたしたちは夜空を見上げていた。

7

一夜明けた。

田口さんと如月さんの申し出で、わたしたちは朝ごはんのお手伝いを免除された。さらに、宿のワゴン車を出してもらい、ツアーのお客さんに混ざってピザ作り体験をし、みんなで一緒にピザを食べて、そのあとはサイクリングもできた。わたしは高橋と二人乗り自転車に乗った。ゆっくり運転してもらったので、バランスも問題なく取れる。自転車に乗るのは、高校入学前に電車の事故に遭って以来だ。もう一度自転車に乗れる日が来るなんて、思ってもいなかった。

電車は在来線ではなく、特急席を用意してもらえた。座席に座ると、どっと疲れが出てくる。

駅に向かうマイクロバスのラジオからは、誘拐事件は解決したと流れていた。いろいろなことがあった週末だ。

でも、またあの場所で夏合宿を行いたいねと、みんなの意見が一致した。

発車のベルが鳴る。中村先輩の横顔は、どこか寂しそうだ。

「おい、なんか忘れてないか?」

榊原先輩が問いかけてきた。

「お土産買ってない!」

全員が一斉に答える。

「やだ、ひとみに怒られるわよ」

「佐川先輩、SNS越しに訴えてる!」

霧原先輩と村山が立ち上がったところで、電車は動き出した。

夜空にかけた虹

1

十二月の半ば、中学まで住んでいた町で、女性の白骨死体が見つかった。

現場はあまり人の立ち入らない雑木林で、再開発のための伐採中、作業員が発見したという。身元は歯型からすぐに分かった。同市に住む二十五歳の元看護師で、亡くなったと思われる時期に職場を辞めていたそうだ。そばにナイフが落ちていて、警察はそれで手首を切って自殺したと断定した。事件性がなかったせいか、報道では騒がれていない。

それから数日後の夜、わたしの家に警察がやってきた。遺留品の全国共通乗車カードについて、聞きたいことがあるという。カードに下車記録がないこと、乗車記録の日付、駅の改札とホームの防犯カメラの映像から、わたしが遭遇した事故の関係者だと判断されたそうだ。故意ではなく、不幸な事故であるけれど、調べは行うらしい。

「覚えていません」

簡単に事情説明があったあと、わたしは女性の写真を見せられた。死体ではない。卒業アルバムか何かから抜粋したものだ。

「少しでも思い出せることがあったら話すんだ」

隣に座る父が言った。静かで、強い口調だ。やりきれなさが伝わってくる。わたしは取り返しのつかない重傷を負ったのに、その人はお詫びも言わず、自ら命を絶っていたからだ。

事故の記憶はほとんどない。高校の合格発表を見に行き、帰りがけに同じ駅にある、母が受付を務めていた心療内科に立ち寄り、ひとりで先に帰宅しようと電車を待っていた。警笛が鳴り、隣にいた人が線路に飛び込もうとして、とっさに手を差し伸べたのはなんとなく覚えている。その後、気がついたら丸一日が過ぎていて、わたしは病院のベッドの上にいた。

だけど、ひとつだけ、覚えていることがある。手を伸ばしたとき、イチゴの匂いがしたのだ。

そう告げると、母が問い詰めてきた。

「イチゴの匂いって、香水の匂いだったの？　その人はイチゴの香水を付けていたの？」

「分かんない」

「お母さん、落ち着いてください。美月さんも、つらいことを思い出させてしまって申し訳ありません」

警察の人は戸惑うわたしに頭を下げた。

「あんまりだわ。まさか、そんな、亡くなっているなんて」

気丈な母が、子供のように泣き出す。父は母の手を握り、肩を震わせて訊ねた。

「事故の後に自死したことについて、美月は関係あるのでしょうか」

「申し訳ありませんが、そこまでは私たちにも分かりかねます」

「関係ないわ。絶対に関係ない！　美月は関係ないのよ！」

母が声を張り上げる。

いたたまれなくなり、わたしは大人たちを置いてリビングから出た。身体が傷ついたわたしよりもずっと、両親のほうが苦しんでいる。そんな姿なんて、見たくない。

二階の自室に入る。開け放したドアから、母の声が聞こえてきた。亡くなった人の身元を詳しく聞いているみたいだ。

布団をかぶり、枕元にある大きなクマのぬいぐるみを右手で引きずり込む。小さい頃から、泣きたいときはいつもそばにいてくれた。

なのに、今のわたしは、ぬいぐるみですら両手で抱きしめることができない。


ほどなくして、学校は冬休みに入った。

昼間は何もせず、日が落ちてから星ばかり見て過ごす。あの日以来、わたしは両親を避けていた。両親もまた、保険会社や弁護士に連絡したり相談したりしていて、わたしに構うどころではない。

天体観測には、高橋誠が付き添ってくれた。

今回のことで楽しく遠出する気になれず、クリスマスのイルミネーションも初詣もキャンセルしてしまったけれど、高橋は理由も聞かず、ただ黙って隣で星を見てくれていた。

年が明けて一週間が過ぎた冬休みの終わりの日。

いつもの市営グラウンドで観測中、わたしはようやく彼に事故の詳細とその後に起きたことを語った。

ずっと気になっていたはずなのに、これまで彼は一度も詮索したことがなかった。

「合格発表の当日だったんだ。それで中学の卒業式も高校の入学式も出られなかったのか」

それすら、わたしはちゃんと話していなかった。

「でも、美月ちゃんの家から鵬藤高校までなら、電車よりも自転車やバスのほうが便利だよね」

「事故のあと、引っ越したの」

リハビリに行っていた市立病院に通いやすいのと、母が職場を替えたがっていたのがきっかけで、今の家を購入して団地から引っ越した。駅からはかなり離れているけれど、車通勤の父には不便ではないらしい。

「いろいろと同情されたくなかったし、誰も知らない場所でやり直したかったから、両親には感謝してる。なかなか友達ができなくて寂しかったけど」

新しくスタートを切ったとはいえ、わたしはずっと心を閉ざしていた。孤独から救ってくれたのは、高橋だ。

「早くご両親ともわだかまりがとけたらいいよね。直接口をきくのが難しかったら、メールとかでも話せたらいいのに」

「一緒に住んでいるのに？」

「このまま ろくに顔も合わさないでいるよりはいいでしょう」

文章の苦手な父の顔が浮かぶ。ちょっとした用事でも電話をかけてくるから困ると苦笑する母の笑顔も思い出す。やっと平穏な毎日を取り戻したのに、再びわたしのために苦しんでいる両親を見るのはつらい。

「無理しないで、ゆっくりでいいよ」

わたしの心情を察するように、高橋は言った。

「これで全部？　美月ちゃんがひとりで抱えていることは、もうないよね」

表情を見せないように頷く。

全部話したわけではない。

ひとつだけ、伝えられないことが残っている。

いいいいいいいいいい
わたしは、彼に嘘をついた。

2

三学期に入るとすぐ、天文部の活動は引退した四人の三年生を送る会の企画に入った。学校全体の行事ではなく、部内だけのイベントだ。

現在の部員は、一年生が十人、二年生が三人いて、三学年揃った年は初めてになるらしい。だからこそ、一生心に残るものにしたいと高橋は意気込んでいる。

「学年末テストの後のほうがいいから、三月の下旬で先輩たちの都合のいい日を聞いてみようか」

村山友紀が口火を切った。頭のてっぺんで作ったお団子がしっかり者の彼女を強調している。

「卒業式の前日にやりたいです」

三人の一年生女子たちが一斉に言った。彼女たちが意見を出すのは珍しい。いつも村山に押されているからだ。

「あたし、中学のときバレー部にいて春休み中にお別れ会をしてもらったんだけど、来なかった人もいたし、あたし自身も気持ちが冷めちゃってたもん。だから絶対、卒業する前に送りたいです」

松本絵里《まつもとえり》が主張する。長い髪の両サイドを三つ編みにしていて、くっきりした二重とえくぼが目立つ、学年でも上位に入るかわいい子だ。一年生女子の中でもリーダー格になっている。

「あたしも早めにしたいです。春休みはバイトしまくる予定ですし」

同じく一年生でハーフアップの岸谷《きしたに》かなえが声をあげる。最近コンタクトレンズにしてからメイクもするようになった。つけまつげが重そうで、唇はいつもグロスでつやつやだ。

「バイトは一日くらい休もうよ。それに、うちの部の先輩たちなら、絶対に予定空けてくれるから心配いらないって」

村山が主張する理由はよく分かる。少しでも長く先輩たちと一緒にいたいのだ。わたしだって、送る会が終わってしまったら、本当に三年生の先輩たちとお別れになってしまう気がしている。

「ねえ、あんたたちも何か言ってよ」

絵里ちゃんが口元を尖らせ、一年生男子を促す。だけど、彼らは、気の強い村山には逆らえない。

「あの」

残りの一年生女子の鹿居京子《しかいきょうこ》が手を挙げた。長い前髪と大きな黒縁メガネのせいで、表情が見えにくい。勝ち気な絵里ちゃんとかなえちゃんとは違って、かなりおとなしいタイプだ。

「できれば夜の時間が長いほうがいいと思いますので、私も卒業式の直前にしたいです。なぜかというと、イベントの内容の希望に関係するんですが」

鹿居さんは顔をあげ、頬にかかる髪を払った。頬にうっすらとそばかすがあり、それが逆に大人びて見える。

「夜の空に虹をかけませんか」

高橋に促され、説明が始まった。

虹は太陽の光だけでなく、月の光で現れることもある。「月虹《げっこう》」や「ムーンレインボー」、「ナイトレインボー」などと呼ばれていて、日本ではめったに見られない現象だ。虹の多いハワイ島ではときどき見ることができ、「夜の虹はこの世で最高の祝福」と言い伝えられている。

「お祈りをすると願い事が叶うとも言われているから、次の日に卒業していく先輩たちには、最高のプレゼントになると思うんです」

しばらく、みんなは考え込む。沈黙を破ったのは、わたしだ。

「天文部なのに、星をメインにしなくていいのかなあ。それに、日の入り時刻だって三十分くらいしか変わらないよ」

「美月先輩までひどい！　あたしとかなえだけじゃなくて、京子の案まで否定するんですか」

絵里ちゃんが抗議してくる。吸い込まれそうなほどの大きな目で凄まれ、わたしは何も言えなくなってしまった。絵里ちゃん、かなえちゃんのコンビと鹿居さんはまったくタイプが異なるのに、すごく仲がいい。三人とも、星占いに興味を持っているから話が合うそうだ。

「菅野先輩に賛成。俺も卒業式の後で、星をメインにしたイベントのほうがいいと思う」

一年生の男子の進藤《しんどう》和也《かずや》が言った。進藤くんはみんなから〈車掌〉と呼ばれるほど鉄道に詳しく、特に銀河鉄道が好きだからという理由で天文部に入部してきた。鉄道の写真を撮り慣れているから、一眼レフカメラの扱いにも長けている。撮影技術は部でいちばんうまいけれど、わたしたち二年生とはほとんど雑談をしたことがない。

だから、突然の彼の同意に、わたしは驚いた。かといって代案はなく、目で教卓に立つ高橋に助けを求める。

「そういえば、虹ってみんなで見たことないよね」

村山がつぶやく。

「いいかも。先輩たちだって夜の虹は見たことないと思うし。うん、やってみようよ」

彼女が賛成したので、鹿居さんの案が通った。日程も、一年生女子たちの希望どおり、卒業式前日にあたる二月二十八日の木曜日に決まった。

問題は、虹の作り方だ。鹿居さんの説明によると、大量の水と強い光が必要になるらしい。

話し合いの結果、水はプールから散水ポンプで引っ張り、光は演劇用の照明を使うことになった。散水ポンプは近隣の梨畑、照明は県立高校から、借りる手配も済んだ。

一月最後の火曜日、初めて実験を行った。

真冬なので、十七時を過ぎたら真っ暗だ。防寒具に身を包み、プールの外壁前に集まる。敷地のいちばん外れなので、グラウンドの照明もここまでは届かない。

散水ポンプは四本借りられたので、プールの外壁の端と端の二手に分かれた。水を汲み上げる充電式モーターはプールに設置し、ホースは外壁の隙間から通す。

わたしも散水ポンプの一本を持ち、スイッチを入れる。すぐに勢いよく水が噴き出す。ノズルのついた先端を右手で持って高く掲げた。隣に立つ鹿居さんに指示され、バランスを取りながら中央に向かって水を飛ばす。反対側からも水が飛んでくる。距離は五十メートルくらい離れているから飛沫はかからないけれど、すごく寒い。

先輩たちにはグラウンドからではなく、校舎の二階にある理科準備室から見てもらう予定になっている。理科準備室で何かイベントを行い、その最後に外を見ると虹が浮かび上がっているという演出なのだ。うまく見えるかどうか確認するために、今は一年生男子がふたり、待機している。

警笛が鳴った。照明を点ける合図だ。警笛は進藤くんの私物で、お父さんからもらったものらしい。

目の前に強い光が差す。三体の照明が、水しぶきの真ん中を照らし始めた。

再び警笛が鳴る。

同時に、あちこちから歓声が起きた。

突然、肩がすくむ。ノズルが右手から落ちた。グラウンドに膝をつく。身体中が震えている。

「美月ちゃん！」

照明を操作している高橋が叫ぶ。

「すみません。本当にすみません」

進藤くんの声がする。背後が温かい。地面についた左手に、進藤くんの手が折り重なっているのが見える。ほかの人たちも駆け寄ってきた。

「大丈夫。大丈夫だから」

あのときのホームじゃない。

ここはグラウンドだ。

イチゴの匂いだってしていない。

大粒の涙の向こうに見えたものは、七色に光るプリズムだった。

3

実験が成功してから三日後、翌活動日にあたる二月最初の金曜日。理科準備室内でのイベントが決まった。

内容は、暗幕を下ろした真っ暗な部屋で、これまでの活動をスライドで流す。その間、大きなシャボン玉をたくさん作って部屋中に飛ばし、室内でも虹を作る。スライド終了の少し前からグラウンドでは散水を開始し、終わったと同時に理科準備室の照明を消す。それを見て、逆にグラウンドでは照明を照らし、虹が出たところで進藤くんが警笛を鳴らす。その音を聞いた先輩たちが外を見ると、虹が浮かんでいるという流れだ。

係決めを行った。グラウンド組は散水に四人、照明に三人の合計七人で、理科準備室組は残った六人が担当する。高橋はグラウンド、村山が理科準備室のリーダーになり、警笛を鳴らす進藤くんはグラウンド組と先に決まった。

「美月ちゃんは理科準備室にしておく？」

高橋が訊ねる。パニック状態になったことを心配してくれているのだ。

これまであんな状態になったことはない。まさか、事故の時に聞いた警笛がトラウマになっているとは思わなかった。

「あのときは突然だったから。前もって分かっていれば大丈夫」

決して強がっているわけではない。一年くらい前から電車に乗れるほど回復はしている。

「無理はしないでね。具合が悪くなりそうだったら、すぐに俺に言うんだよ」

高橋が班分けのくじを配ろうとしたら、絵里ちゃんが言った。

「いっそ、女子は全員、理科準備室組にしませんか」

「賛成！　あたし、寒いの超苦手だし」

すかさず、かなえちゃんが同意する。

「ダメダメ。先輩たちだって男女で分けることはしてなかったでしょ」

村山が言った。

「そんなことないです。三年生の先輩たち、一年生の女子には力仕事はしなくていいって言ってたもん」

「一年生は男子がたくさんいるからでしょう。あたしたちと先輩たちの七人で活動してた頃は、みんな平等だったよ」

「菅野先輩も？」

「もちろん。あたしたちは菅野を差別しないでこれまでやってきたよ」

「そんなのおかしいと思います！」

絵里ちゃんがふくれっ面になった。村山も眉間に皺を寄せている。

「とりあえずくじを引こうよ」

進藤くんが促す。

わたしはグラウンド組で、照明を担当することになった。絵里ちゃんとかなえちゃんは理科準備室組で、鹿居さんはわたしと同じグラウンド組だ。

詳しい取り決めは次回以降にして、残りの時間は通常活動になった。ほとんどの人が天体望遠鏡を持って理科室を出て行ったけれど、わたしはスライド用の写真を選ぶため、隣接する理科準備室に入る。

電気を点ける前に、スカートのポケットの中にある携帯電話が震えた。メールだ。画面を開く。

送信者に心当たりはない。メールには、一枚だけ、夜空の画像が添付されていた。たくさん写っている星の中の、特に光る星をつなぐと、歪《ゆが》んだ四角形になる。ほかに知っている星は見当たらず、いつ、どの方角の空を写したのかは分からない。迷惑メールではなさそうだ。タイトルも本文もないから操作ミスなのかもしれない。でも、いったい誰がこのメールを送ってきたのだろう。

携帯電話を持ったまま立ち尽くしていたら、後ろから声をかけられた。よく響く、低音なのに澄んだ声。

「からす座ですね」

進藤くんだ。わたしのすぐ横から画面を覗きこんできた。

「お、驚かさないで」

一歩離れる。引き戸を開けたままだったので廊下から光は差し込むけれど、普通の教室よりもずっと薄暗い。進藤くんはどんぐり眼のぼっちゃん刈りで、上背もそんなにないから幼く見える。とはいっても、そんなに親しくない男子とふたりっきりでいるのは抵抗がある。

「この星座、からす座だったんだ。分からなかったよ。進藤くんは詳しいね」

電気を点けながら、わたしは室内と同様に明るく言った。

「じゃあ、からす座の神話も知りませんか」

黙って頷くと、進藤くんは神話の説明をしてくれた。

「アポロンの使いだったカラスは『奥さんが浮気をしている』と嘘をつき、怒ったアポロンは奥さんを殺してしまいました。後に嘘だと気づいたアポロンは怒りのあまり、カラスから言葉を取り上げ、羽を真っ黒にして天にさらしたのです」

一瞬、高橋の顔が浮かんだ。

「嘘をついた罰で、そこまでされてしまうなんて」

進藤くんのあどけない表情が変わり、目の光が強くなる。

「このメール、菅野先輩を告発しようとしているのではないですか」

冗談のようには思えなかった。

まさか高橋が、こんな遠回しなことをするはずがない。

「俺は、菅野先輩が嘘をついているとは思っていませんから」

「どういう、意味」

進藤くんが何か言いかけたと同時に、一年生の女子たちが理科準備室に顔を出した。

「あれ、車掌、ここにいたんだ。村山先輩がレンズの調整してほしいって探してたよ。どこにいるか分かんなくてメール送っちゃったから、削除しといてね」

絵里ちゃんがえくぼを浮かべて、進藤くんを手招きする。一年生同士は仲が良いせいか、攻撃的な口調ではない。かなえちゃんと鹿居さんは中に入ってきて、隅にあるパソコンを立ち上げた。

わたしはキャビネットから写真を取り出した。元部長の中村圭司先輩の私物で、かなりの枚数がある。自由に使っていいとは言われているけれど、まったく整理をしていないので日付ごとに分けるのも大変そうだ。

キャビネットの上だけでは並べきれないので、机に広げるために引き出しごと引っ張り出して右脇に抱える。

「菅野先輩、言ってくだされば私が運びますから」

パソコン前に座っていた鹿居さんが立ち上がった。モニターには、「割れないシャボン玉の作り方」というサイトが表示されている。

「大丈夫。これくらいは自分でできるよ」

「でも」

「ちょっと京子」

そう言って、かなえちゃんが鹿居さんに耳打ちした。鹿居さんはわたしに黙礼して、作業に戻った。

「車掌じゃないと調整がうまくできないなんて、うちらってそんなに二年生から信頼されてないのかなあ」

廊下で進藤くんと話していた絵里ちゃんが戻ってきた。わたしと目が合うと、明らかにバツの悪そうな顔になる。

気まずくなり、作業は隣の理科室でやることにした。引き戸が閉まっていたので、持ち出した引き出しをいったん足元に置く。手がふさがっているのだから足で開ければいいのだけれど、そんな行儀の悪いことはできない。

「よかったぁ。うちらだけになった」

絵里ちゃんの高い声が外にまで響いてくる。わたしがまだ廊下にいるとは思っていないのだろう。

「菅野先輩ってひとりで健気に頑張りすぎてるところが、なんか鼻につくんだよね」

かなえちゃんのハスキーな声は、滑舌がいいのでさらによく届く。

「そうそう。優しそうにしてるけどさ、うちらのことも、誰のことも、信用してないんだよ」

「絵里に同感。まだ村山先輩のほうがはっきりしてくれるからいいよね」

「それに、かわいこぶってるし。高橋先輩も惑わされてるよね。かわいそうだよ。独り占めしちゃってさ」

「っていうか、菅野先輩、今、車掌とふたりでいたよね」

「でしょ、でしょ。気になって、廊下で車掌に聞いちゃった。『何でもない』って言ってたけど」

「さすが絵里、気が利く。京子も菅野先輩なんて気にしなくていいよ」

鹿居さんの返答は聞こえなかった。どうやら鹿居さんは進藤くんのことを好きなようだ。

ここのところの進藤くんは、わたしへの態度が変わってきている。

校舎内ですれ違っても、ほかの一年生男子よりもかしこまって挨拶することが多い。虹の実験が成功した日も、彼の警笛によってわたしはパニックを起こしたけれど、過剰なほどに進藤くんは謝ってきた。

でも、好かれているようには思えない。もっと別の何かを言いたげで、でもうまく切り出せない、そんなためらいを彼から感じる。

理科室には誰もいなかった。実験用の大きい机に座り、引き出しの中身を広げていく。

写真のほとんどが、星を写したものだった。よく見ると下のほうに年月日が印字されている。人物が入っているものを選び出し、古い順に重ねていく。

入学したばかりの前部長の中村先輩。年齢の分け隔てなく、丁寧語で話す不思議な人だ。ギリシャ彫刻みたいな整った風貌は変わっていないけれど、今よりも少し背が低い。いつも穏やかな笑顔を浮かべているのに、写真では緊張している。中村先輩と入れ違いに卒業してOBになっていたばかりの如月先輩と一緒に写っているからかもしれない。

先輩たちが一年生の夏頃に、榊原大和先輩が入部したようだ。柔道部員みたいに体格がよくて、真新しいワイシャツがきつそうだ。生徒会役員との掛け持ちが忙しくなる前は、中村先輩とふたりで毎日のように活動していたと聞いている。

秋の学園祭の頃から、霧原真由美先輩と佐川ひとみ先輩が一緒に入部してきた。この年の出し物は、理科準備室の天井に南半球の星座を描くことだった。

霧原先輩はまっすぐな黒髪が特徴的で、他校にもファンがいるほどの美人だ。グラウンドで写した写真もあり、霧原先輩を見つめるラグビー部員たちの姿が背後に写っている。

佐川先輩は髪をおさげに結んでいて、手のひらを腰骨のあたりに当てている写真が多い。天文部のお母さんみたいな存在で、特に男子の先輩たちは頭が上がらなかった。自宅が老舗の和菓子屋さんを経営しているせいか、お菓子を食べている写真が多い。

先輩たちが二年生、わたしたちが一年生の四月のはじめに、高橋と村山が入部してきた。高橋は気障なポーズを取っていて、今よりもずっとはじけているように見える。村山は髪をお団子ではなく胸のあたりまでおろしていて、はにかんだ笑顔をファインダーに向けていた。

わたしの写真もある。一年生の五月半ばに写したもので、今とほとんど変わっていない。ショートヘアで、右手を身体の前に回し、左手をかばうようにして、カメラを睨んでいる。当時はまだ、写真を撮られることにすごく抵抗があった。

その後すぐ、六月のおひつじ座流星群の日に、わたしたちは殺人事件に巻き込まれた。活動はしばらく中止になったけれど、学校の近くにある公園でときどき天体観測をしていた。その様子も写真に収められている。

学園祭のプラネタリウム制作、冬の他校との合同観測会、通常の活動風景、屋上での記念写真など、先輩たちと一緒に過ごした日々がよく伝わってくる。

撮影者である中村先輩は、ひとりで写っている写真がいちばん少ない。だからすぐに選ぶことができた。ほかの先輩たちのぶんは写りがいいものを数枚ずつ取り上げる。

星だけの写真も入れたほうがいいかと、膨大な写真の束を手に取った。中村先輩が高校に入学する前から写したものもたくさん交ざっている。

ふと裏をめくると、いろいろな色のマーカーで印がついている写真があった。全部ではなく、ごく一部。緑色のマーカーは中12、黄色のマーカーは北21、ピンクのマーカーは南15と書いてある。何かの印だろうけど、何を示しているのかは分からない。

試しに緑色のマーカーの写真を集めてみた。全部で十二枚で、書かれている数字と同じ数だ。

なのに、写っている星座はすべて異なる。黄色のマーカーやピンクのマーカーは数字よりももっとずっと枚数が多く、同じ星座を写したものもあった。

「あれ」

つい声に出してしまった。

からす座が写っている写真が出てきたからだ。

日付を示すデジタル数字は、２００７／０５／０２。

わたしが中学に入学した年だ。

裏をめくると、ピンクのマーカーで15と書いてある。携帯電話を開き、画像とからす座の写真を見比べてみた。少し歪んだ台形で、そのうちのひとつの星が特に明るく輝いている。

光の加減といい、二枚の写真はよく似ていた。

まさか、中村先輩がこの画像を送ってきたのだろうか。

いいや、違う。中村先輩は受験に力を入れるために、携帯電話を解約してしまっている。メールはパソコンのｅメールを使用しているけれど、プロバイダが異なる。新しく携帯を契約したとしても不自然すぎる。

それに、わたしは中村先輩には嘘をついていない。

黙っているだけだ。

そのことだって、きっと気づかれていない。

4

次の週は学校が入試期間のため、重要な試合や行事のある部活動を除いて、すべての部活動が十日間の休部となった。さらに、試験から合格発表までは授業もない。

鵬藤高校だけの中型連休の初日。電車を二本乗り継いで、わたしと村山は隣の県にある大型ショッピングモールに出かけた。バレンタインデーのチョコレートを買い、洋服や雑貨をひと通り見て、わたしはスイーツのおいしいカフェに村山を案内した。二階の外れにある穴場のお店だ。

「ここのすぐ近くに住んでたから、よく来てたの。ほら、あそこ」

窓から見える団地群を指す。

「へえ、初めて聞いたよ」

「だから、『ここに行こう』って言われたとき、ちょっとためらったの」

「どうして?」

「中学時代の同級生に会いたくなかったから。でも、今日なら、ほかの学校は普通に授業があるから大丈夫かなと思って」

「菅野は事故の被害者なんだから、身体が不自由なことをそこまで気にすることないと思うけどなあ」

本当は別のことを気にしているなんて、言えない。

食後は、一年生の女子たちの話題になった。思い切って、先日聞いてしまった、彼女たちの陰口を相談した。

「鹿居は几帳面《きちょうめん》だから信頼できるけど、絵里とかなえは危なっかしくって任せられないんだよね。いつもきつく叱るから、あたしに対して反発してくるのは分かる。でも、菅野のことまで悪く言うのはお門違いだよ。困ったなあ」

冬休みの前、村山は一年生の女子たちからわたしのことについていろいろ尋ねられたらしい。ちょうど白骨死体が見つかった時期で、わたしは部活を休んでいた。

「事故の詳細は知らない」と村山は答えたけれど、彼女たちは知りたがっていたのは、まったく別のことだった。

「ムダ毛の処理はできないいんじゃないかとか、生理時の手当てはどうしているんだろうとか、ブラジャーはひとりでつけられるのかとか訊かれて、本当に参った」

男子がいる場では絶対に出せない話題だ。女子同士ですら抵抗がある。

「ごめん。『爪はお母さんに切ってもらってるみたいだよ』って答えちゃった。前に菅野も言ってたから。でも、ほかは知らないし、あたしからは言えない」

気を許している村山にだって、そんなことは語れない。

「あたし、『好奇心で人のことを詮索するんじゃない』ってものすごく怒っちゃったのね。それから、何かと反発されるようになった。だから菅野はとばっちりを受けてるだけだと思う」

「ありがと。代わりに怒ってくれて」

彼女たちから直接問われたら、わたしはもっと感情を爆発させただろう。

「それと、どうも、ここのところずっと車掌が菅野を意識してるんだよね。はっきり言っちゃうと、あんたに惚れてると思う」

わたしはジュースを深く吸い込んでしまい、咳き込んだ。

「わたし、年上だし。気のせいだよ、気のせい。それに、進藤くんはもっと別の何かを訴えたいんだと思う」

「だから、それが惚れてる証拠なんだって。あのね、菅野。人を好きになるのに、年の差も彼氏がいるかいないかも関係ないでしょ」

これまでいくつもの片思いを見てきたから、村山の言葉には説得力がある。

「車掌があんたを好きなのは、特に問題ではない。困ったのは、鹿居京子が車掌を好きなんだよ。結構前に、本人から相談を受けた。それで、ライバルである菅野は、絵里とかなえから逆恨みされている」

鹿居さんが村山に恋愛の相談をしていたということがショックだった。わたしは、一年生たちと個人的な話をほとんどしたことがない。

会話が途切れたところで、携帯電話が鳴った。肩掛けカバンから取り出して開く。

昨日のメールアドレスからだ。同じように、タイトルはない。からす座の画像だけが、貼り付けられている。

「どうした?」

「な、何でもない。ただの迷惑メール」

嘘をついた。

ただのいたずらという可能性が強いから、余計な心配をかけたくない。もし、そうでなかったとしたら、からす座の画像は誰かからのメッセージなのだろう。

誰が、何を伝えたいのかは分からない。

ただ、中村先輩が画像と同じ写真を持っていたことが気になる。今ここで村山に伝えたら、中村先輩に直接理由を訊くかもしれない。正解だったらいいけれど、間違っていたら、「どうして菅野さんのメールなのに貴女が問い合わせるのですか」と、村山の印象が悪くなりそうだ。ただでさえもうすぐお別れなのに、わたしのことで変に村山を巻き込みたくない。

誰が送ったかはともかく、からす座の神話のとおり、わたしが嘘をついていることを指摘しているだけとも考えられる。高橋に嘘をついたことを今ここで正直に話すと、真実まで語ってしまいそうな予感がした。

こんな形で知られたくない。

カフェを出たあと、再び買い物をして、夕刻には帰宅した。リビングに顔を出したら、母が大きなため息をついて、電話を切ったところだった。目が真っ赤で、鼻をすり上げている。泣いていたみたいだ。

「あの遺体の人、やっぱり美月が助けた人だったんだって」

かすれた声で母は言った。

自分を犠牲にして命を助けたのに、無駄だったのだ。

その代わり、わたしは大事なものを失った。

相手を責めたくても二度とできない。

怒りよりも、虚しさがこみ上げる。

わたしと同じように苦しんでいる母を見たくなかったので、食事もしないで自室にこもった。

いつもよりも少し早い時間に父が帰ってきて、わたしの部屋を訪れた。顔は見せずに「わたしよりも母についていてほしい」とドア越しに伝えた。


久しぶりに登校する頃には、気持ちがだいぶ回復してきた。今日がバレンタインデーだからかもしれない。全校的に部活は活動休止だったので、高橋と一緒に校舎を出て、先輩たちとよく観測した市民公園に立ち寄る。

ベンチに並んで座り、チョコレートを渡してから、わたしは年末に見つかった白骨死体が事故の原因になった人と判明したと語った。

「大丈夫?」

「わたしは元気になってきた。でも、母がすごく落ち込んでる」

「無理もないよ。大事な美月ちゃんが不幸な事故に巻き込まれたというのに、相手は亡くなっていたなんて」

「それで、自分を責めていて、『わたしのせいだ』ってよくお父さんの前で泣いてる」

「つらいね」

彼はそう言って、わたしの左肩を抱き寄せた。

頬と頬が触れ合う。冷たかった彼の頬が、だんだん温まってくる。

手はつないだことはあるけれど、こんなに近づくのは初めてだ。胸が苦しすぎて、身体を離して立ち上がった。

「ご、ごめん」

「高橋が謝ることないよ」

「身体のことで、遠慮しなくていいよ」

高橋は自分の膝に両肘をついた。

「そんなんじゃないの」

わたしは視線をそらした。

「最近、いろいろあったのは分かる。でも、少しそっけなくなってきたよね」

「意識してなかった。ごめん」

また、嘘をついた。

彼に対する後ろめたさがあるから、一歩踏み込めないのだ。身体のことではない。

「車掌と何かあったの?」

突然進藤くんの名前が出てきたので、面食らう。わたしは激しく否定した。

「よかった。告白でもされて、気持ちがそっちに傾いてしまったかと心配してた」

高橋まで、進藤くんとのことを誤解しているようだ。

「最近話す機会は多いけど、絶対違う。みんなが勘違いしてるだけだよ」

「でも、車掌って子供っぽいけど見た目はちょっとかっこいいから。ほら、美月ちゃんってものすごく面食いでしょ」

まったく見当はずれだ。高橋の見た目は中くらいよりちょっと上程度になる。わたしは笑いながら言った。

「進藤くんに失礼だよ。わたしのほうが年上なんだし」

「一学年しか変わらないでしょう。たいしたことないよ。中村先輩の例だってあるし」

夏にボランティア活動に参加したことがきっかけで、中村先輩がＯＢの先輩のことを好きだと、わたしたちは知ってしまった。でも、その人には恋人がいる。それでも中村先輩は、その人を思い続けている。

「中村先輩は如月先輩と付き合いたいとまでは考えてないでしょう」

「確かに。好きでも付き合いたいと思わないこともあるのか。じゃあ、車掌のことをそんなに心配しなくてもいいのかな」

「高橋はどう？」

「え？」

「ずっと霧原先輩のことを『綺麗だ』とか『素敵すぎる』とかって褒めてたでしょう」

「仮に美月ちゃんと出会っていなくて、さらに霧原先輩から告白されたとしても」

一呼吸置いて、彼は言った。

「無理だなあ。やっぱり年上だから。大人の女性だって意識しすぎちゃって、うまくいかなさそう」

「やっぱり年上だから」と、わたしは心の中で繰り返した。

「まあ、俺には美月ちゃんがいるから、ほかの女子と付き合うなんて考えられないよ」

「ありがと」

お礼だけ、言えた。

「車掌とのこと、疑ってごめん。だから、そんな悲しそうな顔しないでよ」

高橋はチョコレートの包みを開け、トリュフのひとつをわたしの口に入れてきた。

ビターチョコが、いつもよりもほろ苦く感じた。

5

次の日の二月十五日から、学校は通常どおりに部活動を再開した。

授業は早く終わったけれど、わたしは部活を遅刻し、学校の近くにあるファミレスで、両親と一緒に保険会社の人の話を聞いていた。相手が死亡しているとはいえ過失傷害ということで、損害保険金が下りるらしい。

話が終わったあと、わたしはトイレに立った。使用中だったので、いったん席に戻りかけたら、衝立の向こうにいる両親の会話を聞いてしまった。

「お金なんてもらっても」

母は困惑している。

「家の引っ越しや、一年間のリハビリ、美月の私立高校入学で貯金はほとんど残っていないじゃないか」

「分かっています。でも」

「君のせいじゃない」

聞いてはいけない話だ。

気づかれないように、席には戻らず「部活に行く」と母にメールを送り、わたしは走って学校に戻った。

誰もいない自分の教室に入り、カバンを取ってから理科室に行く。室内は真っ暗で誰もいなかった。ミーティング以外はそれぞれが自由に行動しているから、珍しいことではない。

隣の理科準備室から声が聞こえる。わたしはマント式のコートとスヌードを外し机上に置き、廊下に出て引き戸を開けた。

大量のシャボン玉が目に入る。

今まで見たこともないほど大きくて、風船みたいだ。地面に落ちても割れない。

「すごい！」

ファミレスでの出来事も忘れ、わたしは勢いよく中に入った。数歩のところで、足が滑る。

「菅野！」

村山の声よりも、わたしが前のめりに転ぶほうが先だった。滑りこみをするような俯せの姿勢になり、立ち上がろうと机の縁に右手をかけたら、ぬめっとして温かく、いい匂いのする液体が降ってきて、再び膝をつく。

わたしは頭からシャボン玉液をかぶったようだ。目の前には洗面器が落ちている。

「誰よ、床にシャボン玉液こぼしたのは！」

村山が怒鳴り声をあげる。

「俺です！　さっきぶちまけて、そのままにしていました。ごめんなさい」

一年生の男子のひとりが駆け寄ってきた。彼も尻もちをつく。村山は大きなタオルを投げ、シャボン玉液を避けるようにわたしに近づいてきた。

「怪我は？」

「ない」

タイル張りの床で派手に転んだけれど、痛いところはない。

「ちょっと男子、なんで掃除してないのよ」

かなえちゃんがハスキーな声で男子を責める。

「いや、外に出るときにすればいいと思って。それに、拭っちゃうのももったいないし」

そう言って、男子はわたしの身体を拭こうとした。

「女子に気やすく触るな！」

村山はタオルを取り上げ、わたしの制服を叩いてくる。男子は「失礼しました」と言って、モップを持ってきて床を掃除し始めた。ほかの一年生男子たちは、ただ呆然としている。

「制服にはそんなにかかってないね」

わたしは手近にあったタオルを右手で取り寄せ、髪を拭いた。

「割れないシャボン玉を作るために、砂糖やグリセリンも混ぜてるから、手や髪はすぐに洗ったほうがいいかも。研修棟のお風呂場借りてるから、シャワー浴びてきな」

「え?」

「お湯とか洗面器とか必要だから、シャボン玉作るときは借りることにしたの」

「そんな、大丈夫だよ」

「いや、そっちが」

村山の視線の先を見る。義手にシャボン玉液が染み、自分の肌までぬめっとしている。できれば外して洗い流したい。

「絵里、中村先輩が使ってたロッカーからバスタオル取って」

携帯電話をいじっていた絵里ちゃんが、ロッカーを開けてバスタオルを渡してくれた。

「学校のシャワーって使ったことない」

「今日はうちの部しか借りてないからひとりでゆっくり浴びられるよ。ボディーソープとリンスインシャンプーは常備してある。浴槽はお湯が張ってないから入れないよ」

鍵を手渡された。自宅以外で入浴するのは抵抗があるけれど、ためらってはいられない。

「入口には暗証番号式の電子キーがあるから。数字は学校の創立記念日ね」

「村山先輩、俺らがいる前で番号教えちゃってもいいんですか」

男子たちが一斉に言った。

「平気よ。あんたたちが女子のシャワー室を覗くような度胸なんてありそうもないし。それに、あそこ、出入口に防犯カメラがついてるから。男子が立ち入ったら、警備会社が飛んでくるよ」

今度は転ばないように注意を払い、わたしは理科準備室を後にした。

研修棟は別校舎なので、中央階段を下りて昇降口を抜け、正面玄関からグラウンドに出た。グラウンドには照明が灯り、運動部が練習していた。天文部員らしき姿はない。高橋たちは、夜の虹を作る練習ではなく、屋上かどこかで天体観測をしているのだろう。

コートを着ないで出てしまったから、すごく身体が冷えてきた。全速力で走り、研修棟の中に入る。一階が風呂場のようだ。中央に大きな階段があり、左右にドアがある。左が男子、右が女子と札が下がっていたので、わたしは右手のドアについている暗証番号式の電子キーに番号を打ち込んだ。解錠音が鳴ったので、レバーを下げてドアを押す。

上履きを脱いで衝立の先に行くと、そこは広い脱衣場になっていた。正面に脱衣カゴの並んだ三段棚が置いてあり、端には洗面台が三台設置されていて、ドライヤーも壁に下がっている。窓はないけれど、グラウンドで練習している運動部の声がよく聞こえてきた。

ためらいつつも、わたしはブレザーを脱いだ。洗面台の前にあった籐椅子《とういす》を持ってきて座り、ハイソックスを脱ぐ。付属品から外していき、脱衣カゴのひとつに入れた。シャワーを浴びたあと、すぐに着られるように、下着はいちばん上に置き、目隠しにバスタオルをかぶせる。

暖房がついていないから、裸になるとかなり寒い。さっきまで髪を拭いていたタオルだけ持って、わたしは急いで浴室に行った。

左側にある洗面台の鏡に自分の姿がちらっと映った。前はお風呂に入るときに鏡を見るのが大嫌いだったけれど、今は事故の後で変わった自分の姿にすっかり慣れている。

浴室の引き戸を引いても開かなかった。村山から借りた鍵で解錠し、中に入り、念のため内側から鍵を閉める。仕切りのついたシャワーブースが左右にいくつも並んでいて、右端には浴槽と換気用のような小さい窓があった。そちらにまで行かず、いちばん近くにあるブースに入った。

シャワーは途中でお湯の止まってしまうタイプではなく、流しっぱなしにできた。勢いもかなり激しい。あっという間に湯気が立ち上り、身体が温まってくる。壁の上部にホースをかけ、ベタベタの髪から洗い流していく。

浴室にはグラウンドの声が届かなかったので、わたしは安心してゆっくりシャワーを浴びられた。ドアにかけたタオルで身体を軽く拭い、脱衣場に戻ってカゴの脇に置いていた携帯電話を開き、時刻を確認した。

もう十八時に近い。外も静かだ。運動部の練習も終わっているのだろう。天文部も解散しているかもしれない。

携帯電話には、メールの着信表示が出ていた。村山かと思って開いてみると、差し出し人は例のアドレスだ。

また、からす座の画像。着信時間は十七時三十分。一騒動が起きていたくらいの時間だ。

やはり送信者は天文部員なのだろうか。

あのとき室内にいた人たちが脳裏に浮かぶ。

村山は違う。一緒にショッピングモールにいたとき、同じメールが届いているし、わたしを助けてくれていてメールを送る余裕なんてなかった。

一年生の男子は三人いた。部活の連絡で使っているからわたしのメールアドレスは知っているはずだけれど、彼らがわざわざこの画像を送るだろうか。

女子のかなえちゃんは何をしていたか特に注意していない。

絵里ちゃんはずっと携帯電話をいじっていた。

まさか、画像を送ってきたのは絵里ちゃんなのだろうか。一年生の女子たちは理科準備室で星占いを調べていることが多いから、中村先輩の写真を見たことがあるのかもしれない。からす座の神話は知っているのだろうか。もし知らなくても、進藤くんから教えてもらった可能性はある。

裸のままだったことを思い出し、わたしは服を着ようとした。

何かがおかしい。

壁掛け時計の秒針音に混ざり、機械音が聞こえる。周りを見渡すと、入口のドアの上方に、エアコンがあるのに気づいた。その音だ。

わたしではない。

誰かが入ってきて、エアコンをつけたのだ。

だから、寒くはなかった。

鏡の前で義手の向きを確認してから、棚に戻って下着に右手を伸ばす。

カゴの中身がおかしい。

衣服の上にかけたバスタオルが、隣の空っぽのカゴにあるのだ。それなのに、いちばん上に置いてある下着が丸見えになっていない。

ブレザー、スカート、Vネックのセーター、作りネクタイ、ボタンダウンのシャツ、保温式の七分袖前開きTシャツ、ハイソックス、オーバーパンツ、ショーツと、脱いだ順番に重ねていったはずだ。

だけど、今は、その順番が真逆になっている。特にショーツが、明らかに誰かによっていじられていた。上下が逆さまになっているのだ。

ブレザーのポケットに入れている小銭入れつきの定期入れを取り出す。バスの定期はあるし、お金も減っていない。

下着だけ、いたずらされたのだ。

わたしは村山に電話をかけた。学校の前にあるコンビニで、替えの下着を買ってきてもらうためだ。こんな失礼なことは頼みたくないけれど、緊急事態だから仕方ない。

『無事に使えた?』

村山の明るい声が聞こえる。わたしは震える声で事情と頼み事を告げた。

『ああ、うん。そりゃ着替えたいよね』

声色が変わる。

『デザインはなんでもいいよね。サイズはＭだっけ』

返答してお礼を言って電話を切り、七分袖のＴシャツと制服のスカートとハイソックスを身に着けた。スカートの前部のシミを見て、悲鳴をあげそうになる。シャボン玉液だと思い出し、呼吸を整えた。

十分くらいして、村山が脱衣場に駆け込んできた。袋を開けて新しいショーツを渡してくれる。お礼を言って、急いで穿いたら、ようやく、気持ちが落ち着いた。背を向けて、残りの服を身に着ける。

「浴室の内鍵は閉めて入ったんだよね？」

黙って頷く。

「着替え中に鉢合わせたわけでもないし、被害が少なくてよかった。ほんと、ごめん。あたしがシャワー浴びてこいって言ったせいだ」

「村山は何も悪いことしてないよ。お願いだから、謝らないで」

「犯人は運動部の連中かな。顧問に報告して、防犯カメラを調べてもらおうか」

「怖い。知りたくない」

大きな被害はないのだから、犯人が生徒だとしても、おそらく停学程度に収まりそうだ。だとすると、今後校内で顔を合わせることもあるかもしれない。誰だか知らないでいるほうがまだましだ。

「じゃあ、菅野には犯人が分からないようにお願いしようよ。気持ちが落ち着いたら、謝罪させるのはどう？」

この提案だったら、承諾できる。

わたしたちは職員室に行き、顧問の生物の先生に声を潜めて出来事を告げた。

「ほかの先生たちに知られると大騒ぎになるから、まずは僕のほうでこっそり確認します」

誰がやったのか、その人物が特定できたって、いいことなんて何もない。

理科室では、高橋と一年生の戸田健一くんが談笑していた。ほかの人たちはみんな帰ったみたいだ。

「怪我がなくて本当によかった」

高橋が言った。グラウンド組は二つに分かれ、高橋と鹿居さんは屋上での天体観測、一年生男子の四人は、進藤くんが持ってきたノートパソコンを使って、空き教室でスライド作りをしていたそうだ。

「絵里からメールをもらったときは驚きましたよ」

戸田くんはスマートフォンを見せてきた。

『菅野先輩が滑って転んでシャボン玉液かぶっちゃって、今シャワー浴びに行ってる。だからみんなも理科準備室に入るときは気をつけてね！』

「俺はメールもらってないけどね」

「一年生にだけ送ってきたのですから」

「ふうん。絵里って、一年生には親切なんだね」

村山が眉根を寄せる。

「そんなに一年生女子のことを敬遠しないで、俺たちから打ち解けていったほうがいいんじゃないかな」

「まったくもってそのとおりです。先輩たちとほかの一年生って、距離が開き過ぎなんですよ。僕だけえこひいきされてるって、男子からもたまに責められますからね」

戸田くんが気まずそうに言う。

「だから、一年生たちにはいろいろな業務を少しずつ任せたほうがもっと仲良くなれるんじゃないかと思って、今日は鹿居さんに屋上で新しい天体望遠鏡のレンズ設定とかを教えてたんだ。でも、すぐに屋上から下りられちゃった」

「当たり前ですよ。男子の先輩とふたりで屋上にいるほうがやばいですって」

「合唱部もいたから、ふたりっきりってわけではないんだけど」

「そういう問題じゃないんです。二年生と三年生の先輩たちは男女の分け隔てなくやってこれたけど、僕たちは意識しちゃう年頃なんですから」

「同級生なら、男子の中に女子ひとりが混ざってスライドを作るのも平気なのに。やっぱり学年が違うと難しいのかな」

「いいえ、京子ちゃんはスライド制作に来ませんでしたよ」

　村山が相槌を打つ。

「鹿居はうちのほうに合流してきたんだよね。あたしがパンツ買いに行くとき、ちょうど鹿居が上がってきて、掃除を手伝ってくれてたもん」

「参ったなあ。しばらく一年生女子の三人は別行動させたほうがいいと思うんだけど。固まっちゃうとますます中に入っていけないから」

　高橋はため息をついた。

　突然、戸田くんが騒ぎ出した。

「村山先輩がパンツ買いに行ったってどういうことですか。まさか、美月先輩が転んだときにパンツが破れちゃったんですか。どうして村山先輩が菅野先輩のパンツを買いに行くんですか。何色のパンツを買ったんですか」

　最後の言葉はまったく関係ない。

「うるさい、女子の事情に口を挟むな！」

　村山が大声をあげたら、ちょうど理科室の引き戸が開いた。顧問の先生だ。

「今日研修棟に入ったのは君たち天文部員だけで、怪しい人はまったく映ってなかったよ」

　残って騒いでいたことを注意はせず、先生はそれだけ伝えると去って行った。

「研修棟で何か起きたの？」

高橋の問いかけに、わたしと村山は目を合わせた。

「美月ちゃんに何があったの」

どんなに隠しても、彼には気づかれてしまいそうだ。村山に目で合図を送り、わたしが事情を説明した。高橋は大きくため息をつき、戸田くんは顔色を変えた。

「鍵を閉めてたということは、シャワーを覗かれてないし、何も盗られてなくてまだ救われたけど」

高橋が低い声でつぶやく。

「いや、まさか、そんな」

「戸田、はっきり言ってよ」

村山が促す。

「盗撮されたなんてことはないですよね」

「着替えているときには誰もいなかったし、ドアも開いていないはず」

「衣服がズレてたんですよね。その隙間に隠しカメラを仕掛けた可能性があるじゃないですか！」

わたしたち二年生は顔を見合わせた。

「さすがに服を着たときに気がつくよ」

「じゃあ、壁とか」

脱衣場の状況を思い出す。カメラが仕掛けられそうな場所は特にない。

「あたし、ちょっと見てくるわ」

村山が立ち上がった。

「待ってください。僕も行きます」

「何で戸田が女子の脱衣場に来るのよ」

「村山先輩が犯人かもしれないからです。今日、村山先輩はシャボン玉用のお湯を借りたり何なりで研修棟に立ち入っていた。そのときにカメラを仕掛け、何らかの形で美月先輩がシャワーを浴びる状況を作って、隠し撮りをした。そして今、証拠のカメラを回収しに行こうとする」

戸田くんは誇らしげに言った。わたしたちは唖然とするばかりだ。

「あたしが菅野の裸を撮りたいのなら、別の方法で撮るわ」

「じゃあ、理科準備室班の絵里かかなえを狙ったのですか」

村山の目がどんどん冷ややかになっていく。戸田くんはさらに続ける。

「そもそも、お湯を借りるのにどうして家庭科室ではなく、研修棟を使ったのですか。家庭科室なら洗剤だってたくさんあるじゃないですか」

「家庭科室は衛生管理上、授業外では使用できないの。ちょっとさあ、黙って聞いてれば何なのよ。その無茶苦茶な論理」

「そこまで！」と、高橋が仲裁に入った。

「風呂場を使っていても、実際に風呂を使うわけではなかったのだから、盗撮の可能性は考えなくていいと思う。ほかに考えられるのは、携帯電話の中身を狙われたんじゃないか、ということ」

「ああ、僕たちの個人情報が」

戸田くんは頭を抱える。

「実は、ちょっと前に壊れちゃったから、機種変更したの。アドレス帳はまだ移行してないし、戸田くんとは携帯でやりとりしてないから大丈夫」

わたしが説明すると、戸田くんは指を鳴らして言った。

「エアコンのリモコンについた指紋を調べてみましょう。確か、理科準備室にある科学雑誌の付録に指紋認証キットがありましたよね」

「防犯カメラにも映らないように気をつけてる犯人なんだよ。指紋だって、消してったんじゃないの？　調べたって意味ないでしょう」

村山が反論する。

「そもそも、犯人は、なぜエアコンをつけたんだろう」

高橋がつぶやく。

「美月先輩が長時間裸でいてもいいためじゃないですかね」

「何のために？」

「そりゃ、盗撮のためにですよ」

話が一巡してしまった。

「別の観点から考えてみましょうか」

戸田くんが口火を切る。

「先生はさっき、『怪しい人はいなかった』と言ってました。それなら脱衣場に立ち入ったのは天文部員だったんですよ」

「となると、シャボン玉を作っていた理科準備室班の中にいるのか」

高橋がつぶやくと、村山は否定した。

「菅野がシャワーを浴びていた時間、あたしがパンツ買いに行くときまで、理科準備室班は全員理科準備室、もしくは廊下の流し場にいた。菅野と電話しながらコンビニに向かおうと西階段を下りたら、鹿居が上がってきた。指示を送る前に、後ろにいた絵里とかなえが鹿居をつかまえて、モップを洗ってる男子に合流していた。だから、関係なし。ねえ、グラウンド班の一年生には絵里からメールが着たんでしょう。菅野がシャワーを浴びてるって」

「あ、はい。みんな一斉に携帯見たから。え、もしかして僕たち一年生男子四人を疑うんですか」

「ほかに誰がいるのよ」

「部員を疑いたくはないんだけど」

高橋と村山の声がかぶさる。

「僕たちは車掌のノートパソコンを使ってネット動画を観ながらＢＧＭはどうしようとか話し合ったり、中村先輩から借りた写真をスライド用にトリミングしたりしていたんですよ。動画の再生記録を見ればアリバイが分かります。今日の夜までに返す予定なんで、ちょっと履歴を見てください」

戸田くんはカバンからノートパソコンを取り出して開いた。デスクトップ一面にアイコンが並んでいる。大半が電車関係だ。

その中に、わたしは絶対忘れない日付がタイトルになっているフォルダを見つけた。

２０１０・０３・１０。

事故に遭った日だ。

偶然だとは思えない。

まさか、進藤くんはわたしが助けた女性の関係者ではないのだろうか。

もしそうなら、保険会社だって動いてしまっているのだから、進藤くんとは同じ場にはいられない。損害賠償を払う側と受け取る側になってしまうと、これまでみたいに接することなんて、わたしにはできない。

だから最近、進藤くんはわたしに近づいてきているのだろうか。

「ほら、ちゃんと記録に残っているでしょう。その時間には席を外してないですってば」

戸田くんは画面を変えながら説明していく。

「前もって設定しておけば全員で席を外せるよね。なんか、怪しいのよ。あんたたち、別の悪巧みでもしてたんじゃないでしょうね」

「そんなことしてませんって」と戸田くんは答えたけれど、目線を上げて考え込んだ。記憶を巡らすときに上を向くのは彼の癖だ。

「そういえば、車掌が早退しました。だから、ノートパソコンを借りたままなんですよ」

高橋が進藤くんの帰宅時間を問う。

「十七時半は過ぎてたと思いますよ。絵里からメールが来たすぐ後ですから」

「絵里からの、メールの、後」

高橋と村山が同時に言った。

「お父さんから電話がかかってきたんです。あいつのお父さんって駅員さんで、今日は早番だから家で一緒に飯を食う約束をしてたんですって。それをすっかり忘れていたらしく、急いで帰りました」

今の説明で、進藤くんの事情は分かった。

「一応、俺もアリバイを証明しておく」

高橋は天体望遠鏡を持ってきた。太陽からもっとも東側に離れる東方最大離角に近づきつつある水星が映っている。日付は今日のもので、時刻は十七時三十五分だ。それから三分刻みに水星の写真を撮っている。

「明後日の東方最大離角の写真を鹿居さんにお願いしようと思ったんだけど、『わたしにはまだ無理です』って断られちゃったんだ。それで、たぶん絵里ちゃんからのメールが来たこともあって、理科準備室班に合流していったよ」

「となると、車掌が」

戸田くんの声がかすれている。

「家の用事というのは本当なのかな」

村山が言った。

「親と一緒に食事を取りたがる年齢でもないよな」

高橋が後に続き、村山と無言で頷く。戸田くんは慌てて全身で否定した。

「あいつは女子のパンツを触って喜ぶようなやつじゃありません」

「だから、先生も名前を言わずにぼかしたのかあ。あたしたちが騒ぎすぎないように。特に菅野には知られないように。天文部員の仲が気まずくならないように」

村山が言うように、もしも下着を触ったのが進藤くんだとみんなに知れたら、彼は退部するだけじゃなく、その後の学校生活だって送りにくくなる。

でも、違う。きっと違う。

進藤くんが事故の関係者かもしれないと疑問に思ったからではない。

これまで一緒に過ごしてきた仲間が、そんないたずらをしたと信じたくなかった。

「俺、顧問の先生にもう一度防犯カメラの件を確認してくる」

高橋が立ち上がる。

「男子はやめときな。こういうデリケートな問題は、女子のあたしが対応するほうがいいよ」

村山が帰り支度を始めた。

「でも、もしかしたらまったく天文部と関係ない男子生徒かもしれないし」

「だったら、先生もそういうふうに言うでしょう。わざわざ『天文部員しかいなかった』なんて言わないよ」

呆然とする戸田くんにわたしは訊ねた。

「進藤くんのお家、どこだか知ってる?」

「うちの学校の最寄り駅のすぐ近くです。線路の向こうにあるタワー型マンションです」

そこなら、目立つ場所だから、よく分かる。

「じゃあ、わたしが直接進藤くんに聞いてみるよ。ノートパソコンを返しに行くついでに」

みんなが面食らった。

「もし、本当に車掌の仕業なら、菅野が訊ねたら余計に本当のことを言わないよ」

村山が反対する。

「ほかにも、進藤くんには聞きたいことがあるから」

「美月ちゃんひとりで大丈夫？」

「平気」

心配する高橋に、「何かあったらメールする」と言い、わたしは理科室を出た。

6

学校から最寄り駅までは、歩いて十分もしない。時刻は十九時半になろうとしていた。快速電車も停まらない私鉄の小さな駅を横目に見ながら、わたしは踏切を渡った。開発中の建物の脇を通り抜け、駅の逆側に出る。バスターミナルやタクシー乗り場に沿うように、大きなタワーマンションが建っていた。

エントランスをくぐり、オートロックキーに戸田くんから聞いた部屋番号を入力する。すぐに応答があった。進藤くん本人だ。用件を告げると、彼はエントランスの隅にあるソファで待つよう指示してきた。

「すみません。お待たせしました」

しばらく待っていたら、背が高くて細身で短髪の男性が声をかけてきた。大きな目が進藤くんにそっくりだ。その後ろに、当の進藤くんが走ってきてソファの対面に座った。

「どうしても父さんが菅野先輩と話がしたいって」

進藤くんが話を切り出すと同時に、お父さんが立ったまま深く頭を下げた。

「このたびは、本当にご迷惑をおかけして申し訳ありませんでした」

やはり、進藤くんはあの亡くなった女性の関係者なのだろうか。

「息子からあのときの事故の被害者の方だと聞きまして、本来ならご自宅までおうかがいするべきなのですが」

胸が高鳴る。

「私は一介の駅員にすぎず、出すぎた真似はしないほうがいいと上司からも言われまして」

何を言われているのか分からなかった。

「うちのお父さん、菅野先輩が事故に遭った駅で働いているんだ」

進藤くんが話し始めた。

白骨死体の遺留品にあった全国共通乗車カードの乗車記録から、警察はあの事故の関係者ではないかと疑ったらしい。事故と同じ日、同じくらいの時間の乗車記録はあるのに、下車記録がなかったそうだ。

それで再度駅のカメラをチェックしたら、事故の前に入場した女性が、事故のすぐ後に改札を通り過ぎていたことが判明した。自動改札が遮断する前にうまくくぐり抜けていたことが映像にも映っている。

お父さんはそのことを自宅で話していたら、「電車の事故に遭って重傷を負った女子生徒が天文部にいる」と進藤くんが伝えた。部活の集合写真から、髪の長さはかなり違うけれど、事故に遭った女の子と同じ人物だと分かったらしい。お父さんは事故のときも駅にいて、わたしの顔をよく覚えていたそうだ。

事情を聞いた進藤くんは、お父さんの代わりに自分も謝りたいと申し出て、それで最近、わたしと個人的に話をするタイミングを計っていたらしい。

やはり、彼はわたしに好意を持っているわけではなかったのだ。

「おふたりが気にされることありません。今までずっと気にかけてくださってありがとうございます」

わたしも立ち上がって深く頭を下げた。

「これも、何かの縁でしょうか。息子が貴女と同じ学校の同じ部に所属していて、卒業式の直前にこうやってお会いできてよかったです」

お父さんは「送っていくように」と進藤くんに言い、彼のノートパソコンを持って席を立った。

マンションを出て歩きながら、わたしはフォルダの中身を訊ねた。予測どおり、事故の記録をまとめたファイルが入っていると進藤くんは答えた。

「勝手なお願いなんだけど、このこと、みんなには黙っていてほしいの」

「高橋先輩や村山先輩も知らないんですか」

「うん」

「ちゃんと話したほうがいいと思います」

「知らないほうがいいと思うの」

頭を振って、わたしは歩みを少し速めた。高橋以外の男子と並んで歩くのは久しぶりで、速度が追いつかない。わたしに合わせて高橋はいつもゆっくり歩いてくれているのだろう。

少し黙ったあと、進藤くんは話題を変えた。

「ノートパソコンを返す以外に、僕に何か用事があったのではないですか」

理由は言えなかった。脱衣場に入ったのは、進藤くんではないと思っているからだ。根拠はないけれど、彼がそんなことをする人には見えない。

「からす座の画像のことですか」

そういえば、いろんなことが重なりすぎて、わたしはからす座のことをすっかり忘れていた。

「僕がからす座の神話を話したのは」

「わたしが嘘をついているからだよね」

「嘘ではないですよね。でも、そういうふうに捉える人もいると思います」

からす座と脱衣場のことはつながっているのだろうか。でも、つながりが見えない。

「実は、聞きたいことがあったの」

「僕で分かることなら」

「進藤くんが帰るとき、研修棟のほうに出入りする人を見かけなかった？」

しばらく考えて、進藤くんは答えた。

「昇降口では、体育会系の部活の人たちが出入りしていました。あとは、顧問の先生」

「先生？」

「はい。東校舎のほうから、職員室に向かって歩いてきました。だから、ちょうどこっちに向かってくるような感じで」

理科準備室は校舎の西の端にある。研修棟は東側の端で、ちょうど真逆の位置にある。

顧問の先生も、研修棟に立ち寄れることを忘れていた。先生なら、たとえ防犯カメラに映っていたとしても、建物をチェックしていたと言い訳ができる。

でも、もしも犯人が先生だったら、「天文部員以外いなかった」なんて言わず、もっとたくさん人が出入りしていたと騙ることもできるだろう。容疑者はたくさんいるほうが、身を隠しやすい。

「あ、あと」

最後に、進藤くんは思いがけない人の名前を告げた。

7

週末を挟んだ翌月曜日。わたしは昼休みに、理科準備室を訪れた。高橋と村山、戸田くんには、「脱衣場の件は分かった」とメールを送っている。みんなはそれぞれ『誰がやったのか』と返信してきたけれど、『解決してから』とだけ答えた。

呼び出した相手を待つ間、わたしは中村先輩の写真と携帯の画像を見比べていた。

画像を拡大させたら、スナップ写真を撮影したものだと分かった。日付は印字されていない。中村先輩の写真には右下に日付が入っているから、画像とは異なる。

中村先輩の写真を使っていないのなら、天文部員以外にも送り主の可能性は広がる。となると、誰が送っているのか、ますます判断がつかない。

だから、切り離して考えることにした。

まずは、脱衣場の件から決着するべきだ。

二回、ノックがあった。返事をすると、引き戸が開き、人が中に入ってきた。

「先週の金曜日、わたしがシャワーを浴びてる時間、脱衣場に入ってきたよね」

俯きながら、相手はかすかに頷く。

「どうして、下着をいたずらしたの」

「勝手に触ってごめんなさい」

鹿居京子は、頭を下げた。

あの日、鹿居さんも行動がはっきりしていなかったのだ。

村山は「鹿居が階段を上がってきた」と言っていた。だけど、彼女がいたのは屋上だ。理科準備室班に合流するなら、「階段を下りてきた」はずである。

高橋が水星を写した時刻は十七時三十五分から。その時間には、彼女は屋上を下りていた。シャワーを浴び終え、わたしが村山に電話をした時間は十八時近く。急いで理科準備室を出た村山は、階段を上がってくる鹿居さんと出会った。

さらに、「研修棟を訪れたのは天文部員しかいない」と言う先生、「昇降口で鹿居さんを見かけた」という進藤くんの言葉を重ねると、彼女がいちばん疑わしくなる。

これが、わたしの出した結論だった。鹿居さんなら、わたしが寒くないようにエアコンをつけてくれたと納得できる。彼女はそういう思いやりのある子だ。

だけど、下着に触れた理由がまったく分からない。

「あの、私、菅野先輩が着替えるのを手伝おうと思ったのです。絵里ちゃんも、『ブラジャーとかひとりでつけられるのかな』ってメールをくれたし」

鹿居さんはそのときのメールを見せてくれた。男子たちに送ったメールの後に、絵里ちゃんはもう一通、鹿居さんにメールを送っていたのだ。

一年生の女子たちが村山に、わたしが女の子特有の事情で困っていないかと訊ねていたことを思い出す。

「菅野先輩の服を見たら、パッド付きの下着だったからそんな心配いらなかったみたいで。声もかけようとしたんですが、お風呂場は鍵がかかっていたから、だからエアコンだけつけて理科準備室のお掃除を手伝いに行ったんです」

怒りたくても怒れない。

たとえそれが過剰すぎても、わたしのことを思いやってくれているのだから。

「絵里ちゃんやかなえちゃんも、菅野先輩のことをいつも心配しています。年なんて関係なく、もっと私たちに頼ってほしいんです」

彼女たちの気持ちはありがたく受け取った。だけど、その親切心がずれていることは、はっきりと伝えた。

「からす座の神話って知ってる?」

理科準備室を出て施錠しながら、わたしは鹿居さんに訊ねた。彼女は頭を振るだけだ。思い切って、わたしは画像を見せた。

「この写真、神話ではなくて、星座を写した時間か位置が関係しているのではないですか」

画像の撮影日は二〇〇七年五月七日。

五時間目の授業は自習だったので、わたしは渡されたプリントを解いた後、こっそり携帯電話からネット検索をした。

この日は、からす座Rが極大した日だ。この写真を撮影できそうな人で、わたしのメールアドレスを知っている人は、中村先輩以外に高橋しか思い浮かばない。

でも、彼はこのとき、まだ小学校六年生だ。初めて天体望遠鏡を買ってもらったのは中学一年生のときだというので、高橋が写したものではない。

中学一年生、初めての天体観測、新しい天体望遠鏡。

わたしは息を吞んだ。

送り主に心当たりがある。

わたしも、その人と同じ星を見ていた。

迷いながらも、画像のメールアドレスに返信をした。

『卒業式の前日、十八時半くらいから、鵬藤高校のグラウンドに夜の虹が浮かびます。もしよかったら、プールのあたりから見てください』

8

それから何回か練習を重ね、ついに三年生を送る会の当日になった。

顧問の先生には、脱衣場の件は勘違いだったと謝り、わたしは前よりも一年生の女子たちと親しくなるように声をかけていった。

二月二十八日の十八時。昼間は快晴で暖かかったけれど、陽が落ちてから気温がグンと下がった。

グラウンド班は防寒具に身を包み、プールの隅にスタンバイする。理科準備室班は室内で動画を撮影していて、わたしたちはタブレット端末越しにグラウンドから様子をうかがっていた。

四人の先輩たちが入ってきた。中央にはいつもミーティングで使っていた机を置き、先輩たちは自分の席に座った。同時に電気が消え、スライドが始まる。その灯の中、大きなシャボン玉がいくつも飛び交う。

動画はスライドに移った。入学当初の先輩たち、夏合宿、学園祭、交流会、どれもみんな笑顔だ。あっという間に一年経ち、わたしたち二年生が入ってきた。

春の日食グラス作り、先輩たちの沖縄修学旅行、夏のボランティア活動に、再度合宿として訪れた天文館。学園祭の集合写真に、中断していた徹夜観測。

最初はひとりしかいなかった天文部員が、十七人にまで大きくなった。

胸の奥が熱くなる。隣で見ていた高橋が、メガネを外した。彼も泣いている。

少しずつＢＧＭが小さくなり、絵里ちゃんのナレーションが入った。

「夜の虹は、願い事を叶えてくれると言います。明日旅立つ先輩たちの願いが叶いますように！」

グラウンド班の出番だ。四人が二手に分かれて散水機を持ち、スイッチを押す。練習よりも水流が激しい。

東の空に春の大三角形が上がってきた。

三つの照明が中央を照らし出す。

南の上のほうに、虹が浮かんだ。東の空から西の空に、斜めにまっすぐ伸びている。

警笛が鳴った。

校舎を見る。理科準備室は真っ暗だ。だけど、先輩たちが身を乗り出しているのが分かる。

虹は五分ほど浮かび、光が弱まると共に消えていった。

急いで道具を隅に置き、グラウンド班は理科準備室まで走った。

その途中で、わたしの携帯電話が鳴った。メールだ。送り主はからす座の画像のアドレスだった。


『お母さんと一緒に見ました。ありがとう、美月。先に帰ってます』


父だ。わたしの中学入学祝いと称して、父は天体望遠鏡を買った。わたしにではなく、自分のためにだ。機械音痴の父が操作に慣れるまで一ヶ月近くかかり、五月二日に初めてちゃんと観測を行えた。

そのとき見た星座は、からす座だった。

父は、その写真をわたしに送ってきたのだ。からす座には、初めて一緒に星を見た日からやり直そうというメッセージが込められていた。

画像に返信をした日の夜、父の気持ちを聞いた。わたしが気づくのを待っていたそうだ。

わたしの覚えていたイチゴの香りと女性の氏名から、亡くなった女性は母の勤める心療内科の患者さんだということが分かり、それで母は自分を責めていた。自分のことで悩まれたくないとわたしは両親から遠ざかり、両親もそんなわたしに声もかけられずにいた。

だけど今は、そのわだかまりが少しずつ収まっている。


「お疲れ様！」

「ありがとう！」

いちばん最後に理科準備室に入ったら、先輩たちがそれぞれ肩を叩いてきた。部員が全員揃うのは久しぶりだ。

しばらく歓声をあげた後、電気を点け、集合写真を撮る。制服姿の先輩たちとの、最後の写真になるかもしれない。やはり、卒業式の前日に開催してよかったのだ。

それから、わたしたちは机を囲んで座った。人数が二倍以上に増えているから、かなり窮屈だけど、まったく気にならない。

誰から言い出すでもなく、一年生たちからひとりずつ先輩たちへの呼びかけが始まり、わたしたち二年生の番になった。最初はわたしだ。

「楽しかったです。新しく一年生を迎えるときは、八十八星座を覚えられるようにします」

泣き出しそうなので、これ以上は言えなかった。

「中村先輩が作っていたトレミーの四十八星座図鑑は、あたしが完成させます」

村山はそう言って立ち上がり、引き出しから星の写真を出した。

トレミーの四十八星座とは、天動説を唱えたプトレマイオスが定めた星座だ。写真の裏に書いてあった数字は、黄道の十二星座、北側の二十一星座、南側の十五星座を意味していたとやっと気づいた。

「先輩たちが星を見るときは、どこかで俺も同じ星を見ていますよ」

高橋は右の口端を上げて言った。照れ隠しをするときの表情だ。

先輩たちの番になった。

「生徒会と掛け持ってたからあんまり協力できなかったけど、お前らとすごす時間がいちばん楽しかったぜ」

そう言って、榊原先輩は号泣した。四月から鵬藤大学の経済学部に進むそうだ。

「あたしも榊原くんと一緒で、鵬藤大学の経済学部に進みます。ほんっと、あなたたちは世話がかかるから、大変だったわ。でも、楽しかった。これ、選別」

真っ赤な目をした佐川先輩は、最後に新作の桜まんじゅうを配ってくれた。

「私も楽しかった。帰国したら、真っ先に連絡するわ。その代わり、見送りはしないでね。離れにくくなるから」

霧原先輩は、三月の下旬に、お父さんの赴任先であるアメリカに発ってしまう。九月からアメリカの大学に留学するそうだ。

「私ですね」

最後は中村先輩だ。

「私物も置きっぱなしなので、しょっちゅう顔を出すと思いますが、よろしくお願いします」

「そういえば、中村くんの進路はどうなったの。『決まるまで言いません』って全然教えてくれないんだもん」

佐川先輩が突っ込む。

「また来年受験します」

「圭司、まさかお前、滑り止め受けなかったのか？」

大きく鼻をかみながら、榊原先輩が言った。

「ええ、そうです」

「バカじゃないの。東大しか受けないなんて！」

霧原先輩の言葉に、下級生はどよめく。

「東大しか行きたい学部がないものですから」

「だったら勉強しなさいよ」

「引退してからしましたよ」

「あなたたち、この人が顔出したら天体望遠鏡取り上げてくれる？」

中村先輩の表情が固まる。

「そんなわけで、トレミーの図鑑も完成させますが、これからも新しい星も探していきます」

寂しい空気が少しだけ吹き飛んだ。

明日は卒業式なので、三年生は早めに解散した。

グラウンド班は借りてきた器材を理科準備室に運び、理科準備室班は洗面器などの道具を洗って研修棟に返しに行った。

下級生たちは昇降口でそれぞれ別れ、わたしと高橋はバス停に向かった。後ろから高橋の自転車に乗った戸田くんが追い越していく。

雑木林を抜け、梨畑に出た。一面に星空が広がる。

「寂しくなるね」

高橋がつぶやいた。その彼の横顔を見ていたら、わたしはこれ以上隠していられなくなった。

「事故のことだけど」

歩みが遅くなった。顔を覗き込まれる。

「まだ話してないことがあったの。『全部言った』って嘘をついてごめんなさい」

彼は黙ったままだ。

大きく深呼吸して、言葉に出した。

「わたし、本当は一歳年上なんだ」

わたしは、母の勤務先と同じ最寄り駅にある県立高校を受験した。その合格発表の帰りに事故に遭ったのだ。大きな手術をして、それから一年間リハビリのために入院した。同級生たちと一緒に高校に通えなかったわたしを不憫に思った両親は、隣の県で売られていた一戸建てに引っ越しをして、誰も知らない場所からやり直そうとしたのだ。

鵬藤高校は学力が高かったけれど、入院中でも受験をさせてもらえたので、頑張って勉強した。

合格後、退院が遅れてしまい、入学式には出られず四月の終わりからやっと通学することができるようになったのだ。

「うん。知ってたよ」

思いがけない言葉に、わたしは立ち止まってしまった。

「だって、合格発表の日に、鵬藤高校の最寄り駅で人身事故なんてなかったから。おかしいなあと思って、美月ちゃんが前に住んでいたあたりで起きた電車の事故を調べたら、二〇一〇年の三月十日にヒットした」

「どうして言ってくれなかったの」

「知られたくないんだろうなあと思ったから」

自分からは詮索《せんさく》しない、彼はそういう人だ。

「それに、俺、中三のときに美月ちゃんに会ってるんだよ」

わたしがリハビリで入院していた病院に、彼のお母さんが入院していたことがある。

「母親のお見舞いで、リハビリ室の前を通ったときに、見かけたんだ。それから、病院に行くたびに美月ちゃんを探した。まさか、同じ高校の同じクラスになるとは思わなかった」

「だから、わたしを天文部に誘ったの？」

「そう。一緒に星を見たくて」

わたしは右腕を彼の左腕に絡めた。自分からそんなことをするのは初めてだ。

ずっと、近づくのが怖かった。年上だと知られてしまったら、彼の気持ちが離れてしまうと怯えていた。

「年齢のことを言えずにいたのは、俺が年上の人とはうまくいかないと言ったから？」

わたしは頷いた。

「いや、そんな心配いらないって。美月ちゃん、全然年上に見えないし、むしろ中学生といっても通るんじゃない？」

「ひどい！」

「まあ、好きになっちゃえば、年なんて関係ないよ」

高橋は腕を外し、わたしの左肩を抱いてきた。メガネが近づいたそのとき。

「あ、流れ星！」

彼は南の方角を見た。

「俺、夜の虹にも願い事しなかった」

「わたしも」

「早く！」

「一緒に言おう。せーの！」

三秒以上経っているけれど、きっと願い事は叶うはずだ。

「ずっと一緒にいられますように！」

わたしたちは同時に言った。

千澤のり子（ちざわ・のりこ）

東京都生まれ、作家。羽住典子名義で評論家としても活動している。著書に『ルームシェア 私立探偵・桐山真紀子』（共著）、『マーダーゲーム』『シンフォニック・ロスト』、ほか共著に『人狼作家』『サイバーミステリ宣言！』など。

鵬藤《ほうとう》高校《こうこう》天文《てんもん》部《ぶ》

君《きみ》が見《み》つけた星座《せいざ》

●

2017年2月24日　第1刷

著者…………千澤《ちざわ》のり子《こ》

装幀…………川島進
装画…………usi

発行者…………成瀬雅人
発行所…………株式会社原書房

〒160-0022 東京都新宿区新宿 1-25-13
電話・代表 03（3354）0685
http://www.harashobo.co.jp
振替・00150-6-151594

印刷…………新灯印刷株式会社
製本…………東京美術紙工協業組合

ISBN978-4-562-05379-7, Printed in Japan

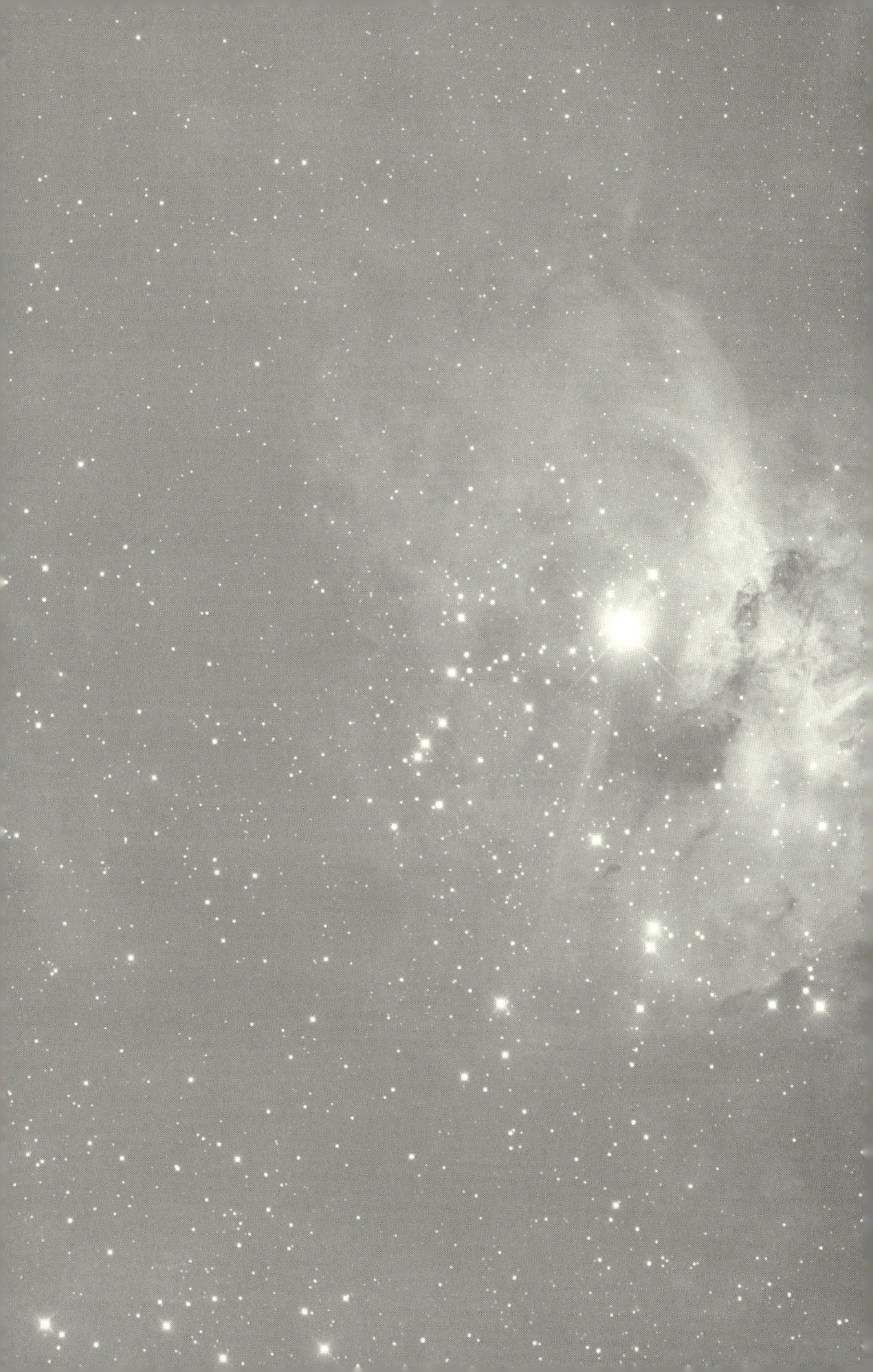